윤영국 1933년 10월18일생

이 책에 실린 연구성과는 한국학술진흥재단(KRF-2005-078-HL0001)의

지원으로 이루어졌습니다.

한국민중구술열전 24

윤영국 尹榮國

1933년 10월 18일생

조성실

20세기민중생활사연구단

눈빛

조성실 趙聖實
전북대학교 고고문화인류학과를 졸업하고,
동 대학 대학원 문화인류학 박사과정에 재학중이다.
전주교대와 전북대에 출강하였으며,
현재 20세기민중생활사연구단의 연구원으로 있다.

한국민중구술열전 24

윤영국 1933년 10월 18일생

편찬 총괄 — 박현수

초판 1쇄 발행일 — 2007년 9월 29일

발행인 — 이규상

발행처 — 눈빛출판사
　　　　서울시 마포구 상암동 1653번지
　　　　DMC 이안 상암2단지 506호
　　　　전화 336-2167 팩스 324-8273

등록번호 — 제1-839호

등록일 — 1988년 11월 16일

편집 — 정계화·박보경·고성희·최지영

출력 — DTP하우스

인쇄 — 예림인쇄

제책 — 일광문화사

값 7,500원

Published by Noonbit Publishing Co.
Seoul, Korea
ISBN 978-89-7409-734-9

20세기민중생활사연구단과 '한국민중구술열전'

박현수

어느 시대에나 사람들은 자기 시대가 급변하는 시대라고 생각하였다. 그러나 20세기의 변화는 그러한 급변의 시대와 달라서 한 사람이 나고 자라서 늙는 동안에 자연의 변화를 느낄 수 있을 정도의 절대적인 변화였다. 이토록 현기증 나는 사회·문화 변화의 속도는 우리들로 하여금 '20세기민중생활사연구단'의 깃발을 내세우고 그 아래 모이게 하였다. 나날이 사라져 가는 가까운 옛날의 일상을 서둘러 기록하고 해석하여 민중생활사를 중심으로 새로운 역사를 구축하기 위한 자료를 집성하기 위함이었다. 소멸과 망각의 위기에 대처하여 지난 백 년의 민중생활 자료를 살려내고 이를 전산화하여 누구나 이용할 수 있게 하자는 것이었다. 우리 이웃의 일상생활을 중심으로 새로운 역사를 구성하면 역사는 민주화되고 한국 인문학은 새로운 바탕 위에서 새롭게 출발할 수 있을 것이 아닌가. 2002년에 조직된 우리 연구단의 목적은 여기에 있다.

우리가 걸어온 가까운 옛날을 잃어버린다면 우리는 그보다 조금 더 오래된 옛날과 분리되어 버린다. 풍경은 근경에서 원경으로 연속되어 전개되어야 완벽한 풍경이 되듯이 시간의 풍경도 원근법을 갖추어야 한다. 시간의 깊이가 보이지 않는 풍경은 촬영장 세트처럼 우리를 어지럽게 만든다. 가까운

5

옛날의 역사를 상실하면 의식의 필름도 끊기는 것이다.

가까운 시대의 역사 중에서도 친숙한 생활의 역사가 제 위치를 차지해야 한다. 가까운 시대와 이웃의 생활사를 원근법에 맞춰 살려내는 것은 역사에 기록을 남기지 못한, 역사 없는 사람들의 역사를 복권시켜 역사를 민주화하는 일이다.

문헌자료를 최고의 사료로 평가하는 역사학은 그 자료의 성격과 한계 때문에 가까운 이웃의 일상적 생활사에 접근하기 어렵다. 한국 고고학은 산업화와 개발을 위한 치다꺼리에 바빠 그런 이웃의 과거에 관심을 보이지 못하였다. 이제 새로운 주제에 대한 총체적 접근을 위해서는 새로운 자료들에 착안해야 한다.

기성 학문체계를 바탕으로 하는 학문의 울타리는 이러한 접근에 도움을 주기 어렵다. 그 울타리를 허물고 20세기민중생활사연구단에 모여든 백여 명의 연구자들은 이제껏 소외되어 온 역사학의 이른바 보조사료(補助史料)들을 재평가하여 중시하게 되었다. 거대한 경관으로부터 조그만 부엌 살림살이나 어린이 장난감에 이르는 생활의 물증(物證), 앨범에 간직된 개인적 사진, 각종 서류, 이제껏 사료로써 이용되지 못한 문학작품 또 기록영화나 극영화 자료 등이 유기적으로 동원되어야 한다.

특히 중요한 것은 형태가 없는 이야기들이다. 한 사람의 가슴과 머릿속의 이야기도 몇 권의 책으로 엮을 만큼 귀중하고 풍부하다. 그러나 아무도 들어줄 사람 없고, 아무에게도 들려주지 못하고 세상을 뜨게 되는 것이 보통 사람들의 이야기다. 민중의 이야기는 역사 없는 사람들의 역사를 구성하는 기본 자료일뿐 아니라 가장 풍부한 자료인 것이다.

흔히 역사 없는 사람이 살아온 이야기는 '생애사(生涯史)'라 불러 역사에 이름을 남길 만한 사람의 '전기(傳記)'와 구별한다. 문자 기록이 적거나 없는 집단의 역사는 에트노히스토리(ethnohistory)라 하여 문헌자료를 바탕으로 하는 '진짜' 역사, 히스토리와 구별한다. 이런 자기 문화 중심주의를 지양하지 않고서 한 걸음 나아간 역사 서술을 기대한다는 것은 어불성설이다. 문자 자료가 없는 사람들의 구술을 바탕으로 전기를 기록하는 작업은 구술자와 연구자의 대화다. 역사 서술의 주체와 객체를 통합하거나 아니면 적어도 접근시키는 일은 새로운 역사의 기본 조건이다.

역사는 항상 새로 써야 한다지만 역사를 한 번 쓰고 버릴 일회용품으로 생각하는 것은 역사허무주의에 다름 아니다. 희랍어 '히스토리아'는 원래 이야기를 뜻하다가 나중에 과거지사(過去之事)까지 뜻하게 되었다. 독일어 '게쉬히테'는 원래 과거지사를 가리키다가 나중에 이야기도 뜻하게 되었다. 같은 말로 표현되더라도 과거지사 자체와 이에 대한 이야기나 담론(談論)은 구별되어야 한다.

그렇다면 무엇이 중요할까. 고대 중국에서도 '술이부작(述而不作)'이라 하여 지어낸 이야기보다 사실 기록을 중시하였다. 사라져 가는 20세기 민중생활의 역사에 대하여 그럴 듯한 담론을 전개하는 것보다 생활의 역사에 관한 사실을 찾아내어 이를 기록해내는 일이 절실함은 당연하다. 마지막 잎새처럼 아슬아슬하게 남아 있는 민중의 일상 모습을 기록하는 일은 지금 아니면 도저히 할 수 없다. 그것은 이 시대의 시민인 우리가 하지 않으면 안 되는 일이다. 이는 역사를 남기지 못한 채 세계적으로 가장 어려운 시대를 살았던 사람들에 대한 최소한의 예절이며, 자라날 후손에게 뿌리를 보여주는 최소한의 배려다.

이러한 작업은 그 작업 과정 자체가 중요한 구실을 한다. 자기의 일생을 이야기하여 시대를 증언하는 사람과 이 이야기를 듣고 받아내는 연구자가 마주앉는 것은 개인의 역사를 사회의 역사 속으로 또 사회의 역사를 개인의 역사에 편입시키는 일이다. 이러한 과정에서 이야기를 펼치는 노인들은 커다란 심리적 만족을 숨기지 않는다.

본 연구단은 새로운 자료들을 '디지털' 방식으로 정리하면서 전통적 방식으로 사진전을 열고 사진집을 인쇄하여 간행해 오고 있다. 2005년 여름에는 이십여 명의 구술자료로 '20세기 한국민중의 구술자서전'이라는 큰 제목 아래 6권의 책을 엮어 낸 바 있다. 이어서 한 사람의 이야기를 한 권의 책으로 펴내는 '한국민중구술열전'을 계속하여 간행해 오고 있다. 앞으로 계속 간행해야 될 이 총서를 무엇이라고 불러야 될지 활발한 논의 끝에 '한국민중구술열전'이라는 총서명이 결정되었다. 후보 제목으로 올랐던 것에는 '우리 곁의 위인' '민중이 이야기하는 어제와 오늘' '이웃이 이야기하는 우리 시대' '이웃들은 어떻게 살아왔는가' '위인전' 대비(對比) 열전' '대비구술열전' '진짜 위인전' '평범한 사람을 찬양하자' 등이 있었다. 이들 모두가 본 연구단의 지향점과 이 총서의 실체를 잘 보여준다.

이제껏 눈길을 제대로 받지 못한 가까운 이웃과 옛날의 생활 모습을 총체적으로 기록, 해석하고 또 온 국민이 이용할 자료집성을 구축함으로써 빈사의 한국 인문학을 구출하겠다는 연구단의 야심찬 계획은 이제 외로운 작업이라 할 수 없다. 한국학술진흥재단의 적극적 지원을 얻게 되었기 때문이다. 이 재단을 통하여 우리는 국민의 지원을 받고 있는 것이다. 우리의 작업을 도와주는 모든 이웃에게 감사의 말씀을 드리지 않을 수 없다. 〈20세기민중생활사연구단장·영남대학교 문화인류학과 교수〉

차례

한국민중구술열전을 펴내며 ‥ 5

서문 ‥ 11

1. 사진사(寫眞師)를 꿈꾸던 '꼬마둥이' ‥ 15

2. 화려했던 총각시절, 그리고 결혼 ‥ 37

3. '진짜 사진사' 되기 ‥ 55

4. 사진과 도시성(都市性)을 소비하던 사람들 ‥ 69

5. 가족 이야기와 현재 생활 ‥ 93

가계도 ‥ 125

연보 ‥ 126

서문

조성실

나는 지난 2006년 2월, 친한 후배의 소개로 전북 정읍시 신태인읍에 위치한 장원예식장(가명) 사진부의 사진사 한 사람을 만나게 됐다. 그가 바로 구술자 윤영국이다. 그는 1933년 10월 18일, 전북 부안군 대중리에서 태어났다. 지금 살고 있는 신태인읍으로는 그가 여섯 살이었을 때 부모님과 함께 이사해 왔다. 신태인북국민학교(현재는 폐교되었음) 24회 졸업생인 그는 중학교에 들어갈 무렵 증명사진을 찍기 위해 사진관을 찾았는데, 그때 원판 사진을 처음 보고 그것이 신기해서 사진사가 되기로 결심했다고 한다. 그의 아버지는 신태인읍으로 이사오자마자 천식으로 세상을 떠났다. 그후 가족들은 한겨울에 집주인에게 쫓겨나는 등 지독한 생활고에 시달렸다. 결국 어려운 집안 사정으로 그는 중학교를 졸업하자마자 집에서 나와 신태인 연미사진관에서 '꼬마둥이'로 지내며 사진관 일을 배웠고 용돈벌이도 했다. 6·25 직후에는 대전, 서울, 대구 등의 도시를 떠돌아다니며 사진기술을 익혔고, 1972년, 신태인읍 중앙동에서 직접 사진관을 운영하기 시작했다. 그러다가 1978년에 장원예식장 사진부로 스카우트되어 지금까지 쭉 일해 오고 있다.

얼마 전 텔레비전 채널을 돌리다가 우연히 짧은 다큐멘터리 한 편을

11

보게 되었다. 다큐멘터리 속 주인공은 80대 초반의 노인으로 서울의 한 고궁에서 관광객들의 사진을 찍어 주는 '떠돌이 사진사'였다. 그때 나는 윤영국의 구술열전 원고 정리작업이 한창이었기 때문에 화면 속 사진사에게도 관심이 갔고, 프로그램이 끝나자마자 해당 방송사 홈페이지에 들어가 그 다큐멘터리를 검색해 봤다. 내가 본 것은 〈잊혀져 가는 것들〉의 시리즈물 중 하나인 '추억의 사진사' 편이었다. 〈잊혀져 가는 것들〉은 EBS에서 2003년도에 제작하였으며, 최근 EBS 플러스에서 재방송되고 있다.

이 프로그램에서 다룬 대상은 연자방아, 떡살, 장승, 지승공예 등 현재 우리 주변에서 쉽게 볼 수 없는 것들이 대부분이다. 그 대열에 '사진사'가 끼어 있다는 것이 왠지 부자연스럽다. 사진사는 장승이나 공예품처럼 박물관 혹은 TV 사극 속에서나 볼 수 있는 대상이 아니니 말이다. 헌데 이상하게도 요즘 우리 주변에서 다큐멘터리 속 사진사의 모습을 찾아보기란 쉬운 일이 아니다. 유명한 관광지, 그리고 학교 입학식이나 졸업식장에 가면 만날 수 있었던 그 '떠돌이 사진사'들은 다 어디로 사라졌을까.

아마도 프로그램이 말하는 '잊혀져 가는 사진사'란 (윤영국의 표현대로라면) '모든 것이 디지털로 변해 버린' 21세기의 사진사가 아닌, 그보다 더 이전의 '아날로그 세대 사진사'일 것이다. 요즘이야 휴대전화에까지도 사진기가 붙어 있어서 어느 때, 어느 장소에서건 마음대로 사진을 찍을 수 있게 되었지만, 불과 십수 년 전에만 해도 '사진사' 없는 기념촬영은 상상도 할 수 없었다. 민중의 생애사진을 찍으면서 상대들이 희망하는 '이미지'를 생산하는 동시에 그들의 역사 기록을 담당

했던 사진사의 역할은 매우 중요했던 것이다. 다큐멘터리 제작자는 추억을 만들어 주던 그들이 사라지는 현실을 아쉬워하며 고궁의 늙은 사진사를 부랴부랴 영상으로 담았을 것이다. 얼핏 그 과정은 내가 윤영국을 만나 그의 구술생애사를 채록했던 경험과도 닮아 있는 듯하다. 나 또한 '추억의 사진사'가 사람들에게서 점점 잊혀지는 게 안타까웠으니까.

구술생애사 조사는 연구자가 구술자의 '사적인 부분'까지 공유하고 이끌어내야 한다는 점에서 결코 만만한 작업이 아니다. 특히 구술생애사 '초보' 연구자인 나에게는 구술자를 선정하는 일조차도 버거웠다. 원래부터 나는 민중의 생애 사진에 관심이 많았기 때문에 처음부터 '사진사'라는 직업을 가진 구술자를 만나기 원했다. 그런데 내가 아는 사진사들은 다들 너무 어렸다(?). 그들은 일제강점기와 6·25 등 한국 현대사의 굵직한 사건들을 책이나 TV를 통해서만 접해 본 세대였고, 대부분 대학의 사진학과 출신이었다. '노인 사진사'를 찾기 위해 나는 사진가협회에 연락을 취해 보았고, 70대 이상의 사진사 몇 분을 만나게 되었다. 그런데 그들은 '(구술자의 이름을 가명으로 하여)논문에 인용하려고' 혹은 '당대 문화에 대해 궁금해서 한수 배우고자' 하여 청하는 인터뷰에는 흔쾌히 응해 주었지만 자신의 삶을, 그것도 태어나서부터 지금까지 살아 온 이야기 전부를 낱낱이 '캐고자' 하는 나에게 마음의 문을 쉽게 열어 주지 않았다. '자식들도 남부럽지 않게 잘사는데 굳이 옛날에 고생했던 얘기를 내가 뭣 하러 꺼내느냐'라며 구술생애사 작업을 거부하였다.

그러한 상황에서 구술자 윤영국을 만났다. 작은 키에 푸근한 인상을 가진 그는 몇 년 전 부인을 여의고 홀로 외롭게 살아가고 있었다. 거듭되는 구술자 선정의 실패로 걱정과 압박감을 안은 채 찾은 곳이 신태인읍이었고, 장원다방(가명) 안에서 바둑을 두고 있던 그를 만난 것이다. 고맙게도 그는 나의 제안을 흔쾌히 받아 주었다.

　본격적인 현지조사는 2006년 봄부터 가을까지 진행되었고, 2007년에도 몇 차례의 추가조사를 더 실시했다. 내가 살고 있는 전주시에서 신태인읍까지 대중교통으로는 약 한 시간 정도 걸린다. 처음 조사를 시작했을 때 나는 직행버스를 타고 전주와 신태인을 오갔으며, 가끔 현지조사에 '차 있는 후배들'을 동원하기도 했다. 그러다 2006년 여름이 끝나갈 무렵 결국 중고차 한 대를 마련하게 되었고, 윤영국과 함께 그의 생애사와 관련된 여러 현장으로 답사를 다니기도 했다.

1. 사진사를 꿈꾸던 '꼬마둥이'

1948년 7월에 찍은 신태인북국민학교 졸업기념 단체사진이다. 졸업식 날짜가
7월인데, '그 당시엔 여름에 졸업했는지'라고 물었더니 윤영국은 기억이 잘 안 난다고
했다. 해방을 맞은 뒤였지만 학교는 일제강점기 시절의 모습을 그대로 간직하고
있었다. 현재 신태인북국민학교는 폐교되었다.

개구쟁이 꼬마 시절

신태인에서는 언제부터 사셨지요?[1]

어렸을 때는 국민핵교 다니고, 뭐 학교 다니고, 뭐 [내가] 신태인[북]국민학교[2] 이십사회(回) 인디. 여기 신태인[북]국민학교 이십사회. 인자 부안(扶安)[3]서 이사했지요. 내가 여섯 살 때 여기 [신태인으로] 왔으니까. 부안 대중리 백산(白山). 대중리서 신태인(新泰仁)으로 이사 왔죠.

학창 시절 얘기 좀 해주세요. 고등국민학교나 신태인북국민학교 다니셨을 때.

초등학교는 다 한 가지잖아. 배우는 것은, 지금이나 다 마찬가지여. 친구랑은 일정시대, 일정시대. 에…. 근데 그때 삼학년 땐가? 일정 학교, 일본 땐데. 그 일본 군인들이 여(여기) 학교에 와서 많이 주둔을 했었거든. 그때 말똥을 치우라고 일본놈들이. 여기 왕신학교[4] 거기다 [말똥을] 갖다 버렸는디. 거기를 갈라면 다리를 건너야 혀. 내가 그 당시에만 해도 참 구잡하게(구접스럽게) 살았어. 옆에 다리는 쪼그만 헌디 양쪽에 옆에 여자들이 가고 있는데 밀어 버렸어. 다리에서 강으로 밀어 버렸어. 장난하느라고. 그래 가지고 양 그때 혼~났네 양. 빠져 버렸지. 여자가 물에 빠졌지. 밀어 버린게. 다리에서 밀어 버렸어 내가. 하~ 그때 죽는 줄 [알았어]. 그서 시험(헤엄) 잘 치는 사람이 가서 건져 가지고 [그 여학생 둘을] 강에서 찾았지(구했지). 여자는 내가 잘 아는 여잔데, 그 딴 당시에 내가 참 구잡하게 놀았어. 그때 삼학년 때인게 몇 살 안 먹었지.

수영을 누가했는데요?

선생이 들어갔어. 그때 일본 선생인디. 우리 선생이 여자 선생이여. 일본 여자여. "이놈의 새끼!" 그런디 조깨(조금) 여자가 나를 어찌게 봤는가 때리든 않드만? 주의만 시키지. '앞으로 그러지 마라'고.

그 여선생님이 수영을 해서 들어간 거예요?
아니, 남자가(남자 선생이) 들어갔지.

또 학교 다닐 때 무슨 일 있으셨어요?
별 거시기는 없어 양. 그때부터 정신을 바짝 차리지(차렸지).

학교 다니실 때는 누구랑 제일 친했어요?
친구? 그 사람은 죽었지 지금. 허경환이라고, 고인이 되았지. 남동이라고. 거그 살았는디. 여기 여기 저 황기태라고. 그 사람도 친허고. 전용현이라고 그 사람도 친하고, 김판기라고. 또. 친허게 놀았지. 김동섭이라고 지금 육사 대령까지 해먹고 예편되았는디. 그 사람하고 친하게 놀고, 공부하고. 그 집 가서 가들이 오라고 해서. 내가 좀 거시기 허거든공

2006년 여름, 조사자가 촬영한 신태인북국민학교의 모습이다. 윤영국이 학교에 다니던 시절의 외관은 남아 있지 않다. 현재 이 학교는 폐교되었다.

부를 아주 잘하지는 못했거든. 긍게 공부 못헌 거는 서로 갈쳐 가면서 배웠지. [웃음] 놀 때는 인자 애들하고 [놀았고], 그때 일본놈들 싸우는 거? 막치기(막대기)로 싸우는 거? 그런 것 가지고 놀았지. 또 자치기. 자치기는 이렇게 구녁(구멍)을 파 가지고 이케(이렇게) 탁 때려 버리고. 마당이 큰 디서. 마당 큰 데서 놀았지. 김동섭이라고. 가네(김동섭의) 아버지가 국회의원까지 나와서 그 집이 컸지. 마당이 [컸에]. [그래서] 그 집에서 주로 놀았지.

지금도 그 친구들과 연락하시나요?

인자 다 뿔뿔이 헤어져 가지고. 여그 저 거시기만 연락되네. 용현이하고 김판기하고 한기태하고. 김판기는 익산 살고. 선생질하다 그만두고.

살던 집에서 쫓겨나다

어린 시절 이야기 좀 해주세요.

첨에 아버지가 금융조합[5] 있을 때 [서지동 집으로] 이사해 가지고 작은 방 쪼만한 놈 하나 얻어 가지고 [살았지]. 아버지가 너무나 인정이 많이 있는 양반이라 본(本) 댁(宅)은 그만두괴(신경도 안 쓰괴 옆집 애기만 낳았다 하면 미역이고 쌀이고 우리는 먹을 것 없어도 거기는 사다 주는 거여. 그래서 우리가 오늘날(까지) 못 살았는다. 그리서 아버지가 돌아가신 담에 바로 양 한 한 달인가 두 달 지나 가지고 그 집(집주인)에서 나가라고 하는 것이요. '집 비우라'고. 그래서 "왜 그냐?" 긍게. "뭣 땜에 비우라고 하느냐?" 그랑게 "이 집(윤영국 가족)이 이사와 가지고 자기 마누라가 동티가 났다[6]" 이거여. '병이 났다' 이거여. 옛날 미신 말인디, 이사를 잘못 와서 자기네 마누라가 아팠다 이것이지. '나가라' 이거여, 눈은 막 오는디. [그 집주인이] 이삿짐을 저~기서 나가서 내 놓고야 단이여! 참 이거 올 데 갈 데 없이 클났다 말이여. 그서 그 옆에 아는 아주머니들이 "너는 이 집 가서 자고 너는 이 집 가서 자고" [식구들끼리] 각각 나눠 가지고 가서 잤지. 어머니는 딴 데 가서 자고. 긍게 이 동네에서 제일 부자인 박용구(가명) 씨라고. 그 집 식모살이로 갔어. 어머니가. 그때 나는 아홉 살이라 어렸을 때라 양 아무것도 몰랐지. 그래 가지고 저희들도(우리가족들도) 인자 에~ 목숨을 건졌지(먹고 살 수 있었지). 그 집에서 나와 가지고. [어머니가] 하이건(하여간) 없는 장사 있는 장사 다 하고 다녔지.

어머님이 어떤 장사를 하셨나요?

배[梨] 장사, 인꼬리 장사⁷⁾. 쪼깨씩(조금씩) 배 같은 거 사과 같은 거 쪼깨씩 갖고 다니면서 사 가지고 시장 다니면서 팔고. 틈나면 남의 집 식모살이하고 그러고 살었어. 그래 가지고 내가 국민 [요새말로] 초등학교 졸업 허고 고등국민학교⁸⁾ [합격이] 되았는디. 어머니 고생하는 것을 못 보겠더라고. 그때 어렸을 때. 그래서 "아서라. 내가 공부해서 뭐하겠냐."고. "내가 사진 길로 나가자." 그래 가지고 사진을 배운 것이지요. 그러고 나서 "너그들(겨울에 윤영국 가족을 쫓아냈던 집주인) [두고] 보자." 내 속으로 어린 맘이라도 이? "너희가 얼마나 잘사는가 모르지만 길게 가는가 보자" 하고. [그러더니] 한 이 년 가서 쫄딱 망해 가지고 집주인이 망해 가지고 양. 저그 아버지도 죽고 양 저그 아들도 나가서 없어지고 양 그렇게 망해 버렸어.

집주인이 뭐하던 사람이었어요?

동내에서 이장인가? 그때 일제시대 이장 뭐 반장인가 소방서도 댕기고, 말 조깨나 해(유세 좀 부려). 돈 꽤나 있고. 그런 양반인디, 그렇게 거시기 해버리더라고(망해 버리더라고). 즈그 아들도 다 분산돼 버리고(흩어져 버리고) 그랬어 양. 한 이 년 있다가. 사람이 양 단박에 달라지더라고. 내가 [그 사람들한테 쫓겨난 것이 억울해서 반드시 성공하려고] 악(惡)을 품고 그때 기술을 배웠으니까. 그래서 사진기술을 배울라고 양 별간 데를 다 댕겼지 내가. 악을 품고. 그 고생을 하면서도. 긍게. [그때 그 집주인이] 산 사람 막 쫓아내는 거야. 우리 나간 뒤에는 뭐 무당 데려다가 굿 하고 나서 [아파서 누웠다는 집주인 마누라는] 일어나 버리드만?

근데 왜 이 년 만에 망해 버렸어요?

모르지. 인자. 어찌케 되았는가. 사람이 [그 집에서] 살은(살고 있는) 사람을 [내쫓으면 안 되는 것이여]. 남 눈물을 빼면 좋지 않은 것이여. 이게 원래 좋지 않은 일이여. 아무리 거시기 허다고 해도(세 들어 사는 사람 때문에 안주인이 아프다고 해도) 겨울에 눈이 오는데 막 쫓아낼 것이여, 사람을? 막 [눈이] 쏟아지는데 나가라고 할 것이여? 바람은 불고. 어디로 갈 것이여? 어린 맘인디. 그때 생각하면 참말로~ 말인게(말로 하니까) 그렇지 참말로. 내가 그것을 안 잊고 있어. 인제까지도(지금까지도).

혹시 그후로 그 집 식구들을 만나 보셨어요?

만나면 원수같이 보이지.

지금도 이 동네에 살아요?

안 살아요. 다 없어졌어요.

쓰시던 물건들은 다 어떻게 하셨나요?

우리 살림살이야 별것 있어? [살림의 규모가] 쪼만헌디(작은데)? 친구들[집에] 창고에다가 들여다 놓고 그랬지. 형님이 어쩌게 해서 돈을 벌어가지고 [먹고 살았지]. 근데 가들은(여동생들은) 저그 매(엄마) 고생해 가지고 초등학교만 졸업하고. 식모살이[도 하고], 남의 집[에] 애기 보러 간다 뭐한다 테레비에 많이 나왔잖아. 여자들? 그래서 뿔뿔이 흩어졌지.

어르신은 사진기술을 배우셨고요?

나는 그 길로 갔고. 형님은 방앗간 기술자로 들어가고.

윤영조[9] : 제일교(第一橋) 밑에. 천주교회 가는 디[데] 서지동. 거기가 지금 영생침례교회가 되았어. 거서 [우리 식구가] 셋방살이 했어. 아버님이 말하자면 이리(裡里), 그때는 이리요. 시방은 익산(益山)이라고 하지만. 거기 거시기(이리금융조합) 댕기다가 신태인으로 오셔 가지고 토목 거시기도 허고, 거 뭐시다냐.

이강선 : 오래 되아서 [아버님이 뭐 하셨는지도] 다 잊어버렸고만?

윤영조 : 긍게 [아버지 돌아가셨을 때개] 내가 학교 졸업 맡고[하고], 소화 십육년도[10] 긍게. 시방 몇 년이여? 내가 열여섯 살 이었웅게. 칠십년 인가 육십사년인가 삼년인가 되았겠네. [그때] 우리 식구가 몇인고 하니, 나 있고, 어머니…. 여섯이여. 하나는 서울 가 있는디 그때 나가 가지고 없어져 버리고. 영자는 서울 가서 식모살이 하러 간다고 가서 지금은 몰래[연락이 안 돼].

윤영조 : [어쨌든 아버지 돌아가셨을 때] 내가 십육 세 때여. 보통학교
에서 들어가 소학교로 졸업 맡었어. 나 들어갈 때는 보통학교여.[11] 그래
서 그 심상소학교에서 졸업 맡었어. 그래 갖고 내가 말하자면 노가대판?
일본놈 노가대판에 아침에 다섯시에 나가. 노가대판에 댕겨도 [나는] 지
게 지고 삽질은 안 했어. 말하자면 사무실서 인부들 아침에 오면 도장 받
고. 출석부여. 도장 받고 사무실에 갖다 주면 끝나고. 긍게 하루[에] 길을
오십 리 삼십 리는 날마다 걸은 꼴이여. 하루 팔십오전 [받았어]. 내가 한
달간 아버님 치상(治喪)했어. 그 전표(錢票) 가지고.

전표요?
윤영조 : 전표지. 그때는 그게 돈이여.

하루도 안 빠지고요?
[형님이] 빠지면 우리 식구가 굶어.

형님이 생계를 책임지셨군요. 형님께서는 또 어떤 일을 하셨나요?
윤영조 : 개발영단(開發營團)이라고. 회사를 [그곳으로] 옮겼어. 일정
때 개발영단이라고 있었어. 소화 십팔년[12] 때에. 거기서 일을 하다가. 거
기는 좋~았어. 월급도 있고. 배급도 타고. 쌀. 그서 우리 식구가 충분히
먹고 살았어. 그때는 배급. 그래 갖고 일본 보국대(報國隊)[13] 징용 나와
가지고 북해도(北海道)[14]까지 갔다 왔어. 천구백사십오년 사월에 가가
지고 십이월에 나왔어. 해방 되는 해여 그때가. 우리가 겨울에 나가라는
소리 듣고 고생을 많이 했지. 집 비우라고. [아버님이] 벌어다가 식구들
생계를 꾸려 가다가 이제 [돈을] 벌 사람이 없응게. 어머니가 인꼬리 장

사 하고 별짓 다 했지. [징용은] 개발영단 다닐 때 영장 나와서 갔어. 신태인읍사무소 노무계장인가 그놈이 우리 동네 살았어. 그놈이 돈 조께 안 꿰주니까(뇌물을 안 갖다 바치니까) 나를 미워라 하고, 인자 영장을 내보냈어. 미움 받으면 가야 혀. 아, 북해도 가서 거 일본놈 비행장에 가 있었어. 비행장. 거기서 노가대(공사판 막일꾼) 일허고. 일본놈이 허란대로 다 해야 혀. 아침에 벤또(도시락) 밥 싸짊어지고 가가지고. 아침에 여섯 시에 나가면 [밤] 아홉 시에나 들어와. 군대나 똑같아. 기한(期限)이 없는 것이여.

그럼 일본에서 해방을 맞으신 거예요?

윤영조 : 그렇지. 아우 양 [그 고생한 것은] 말 못혀. 글고 [해방 후 보국대에서] 나와 가지고 먹고 살 것이 없어. 시모노세키[15] 거쳐서 돌아왔어. [부산까지] 여덟 시간 타고 가. 배를. 기차는 한 보름 타고.

왜 많은 기술 중에 사진기술을 배우셨어요?

중학교 들어갈라고, 수험 사진을 찍어야 할 거 아니여? 거기서부터 인제 거 밤에. 급해서 밤에 찍으러 간게 뭔 현상을 해 가지고 뭔 필름을 비춰 주데? 필름 비춰 주는 게 신기하게 보여, 내 얼굴이. '야 이게 신기하구나.' 그래 갖고 "이거 배울 수 없냐?"고 물어봤어. 주인 양반한테.

어느 사진관에서요?

신태인 '서울사진관'이었어요. 근디 "아 배울 수 있다"고 "이거 아무나 배우면 한다"고 그런 얘기를 하길래 '그러냐'고. 그래서 중학교까지 나와 가지고 거기서 배우기 시작했어.

그 '서울사진관'에서 배우신 거예요?

아니, 그 사진관 아니었어. 딴 사진관에서. 필름 보면 얼굴이 그 상태가 있어요. 비춰요, 그것이. 그거 갖고 인자 그걸 프린트(print)를 하는 거야. 필름 가지고. 원판 갖고 프린트를 하면 인자 그것이 사진이 진짜로 나오죠. 보고. 그때 [서울사진관에 있던] 그 사람이 그것을 비춰 주데요. 현상한 것이랑. [원래는 손님들에게 안 보여 주는데] 밤이라, 나 혼자라 인자 봤지. [그 사진사가 사진을] "배울라면 배워라"고 "배우면 좋다"고 그러대요. 그래서 가만히 생각헌게 신기하고 거시기 허단 말여(좋아 보인단 말이야)? 그래서 중학교 졸업하고 배웠죠.

그 당시 '서울사진관' 사진사분은 누구였어요?

이름은 잘 몰라요. 김 뭐시라고 했는디 이름은 잘 몰라요 제가.

남자분?

남자요. 남자죠. 인자 신태인에서 [사진기술을] 어느 정도 알아 가지고 [일 년 육 개월 뒤] 대전으로 갔죠.

대전에 가시기 전에 어디에서 일을 하셨어요?

신태인 '연미사진관'이요. 여기 중앙동(中央洞)에 있어요. 지금은 없어졌어요. '서울사진관'도 없어지고 다 없어졌어요. 그때 집 형체가 다 없어지고 그랬어요. 터만 [남았지]. [지금은 그곳에다] 딴 집을 지었지.

'연미사진관'에서 뭐부터 배우셨어요?

현상(現像). 거기서 인자 그 '꼬마둥이' 말하자면 인자 꼬마둥이니까. 거기서 한 일 년 육 개월 있었을 거야, 아마. 있어 가지고 인자 더 배울라고, 사람 욕심이 있잖아요? [그래서] 무조건 대전으로 갔어요. 대전 '삼광사진관'이라고. 그때 말씀드렸죠? '삼광사진관'이라고.[16]

네, 그럼 '연미사진관'에서는 누구한테 배우셨어요?

주인한테 배웠지요. '홍성진'이라고. 지금 그 양반 고인(故人)이 되었지만 그분헌티(한테) 배웠어요. 자기가 인자 써먹을라면(일을 부리려면) [가르쳐야 하니깐]. 암실? 프린트 같은 거, 그런 거 먼저 배웠지요. 돈(월급)도 안 받았어요. 밥만 얻어먹었어요. [주인과] 같이 살았지요. 일을 배울라면 그렇게 살아야지요.

육이오전쟁과 상경(上京)

대전으로 가셨을 무렵이 육이오전쟁 때인가요?

육이오가 되어 가지고(일어나 가지고) 삼 년 만에 휴전 되았어. 일 년 동안 여기서 지내는 것이, 야경(야간경비). 밤이면 지방 빨치산들 지킨다고, 각 도처에 나가서 야경들 했거든? 그 당시에? '야경제(夜警制)'라고. 여기서. 전달이 막 나가거든? 저~기까지. 여그서 오더(order)가 떨어지면 [전달을 하는 거지]. 근디 양 하룻저녁에 내가 여기 사거리(신태인읍 중앙동)에서 "야경 잘하라"고 소리지르고 했거든? 잘 살펴보라고. 근디 한 [밤] 열두시 쯤 된게, 경찰관 옷 허고 군인 옷 입고 두 명이 총을 짊어지고 역전에서 오더라고이? 암만 봐도 내 눈이 이상혀. "너 임마, 야경 잘하냐?" [그 사람들이] '살펴보라'고 '전달하라'고 나보고 그래. 그래서 전달을 했지. 바로 지서(支署)가 여기 있었어. [지금] 파출소. [그 사람들이] 거리(그리) 올라가. 올라감서 "넌 여가(여기서) 지

키고 가만있으라" 고 [하더라고]. [그 사람들이] 올라가드니 한 삼 분 있
응게 총소리가 '꽉' 나. [그래서 나는] "하따, 이거 어디서 총소리 났는
가 알아봐" 라고 전달했어, 내가. [그런데] 아무 소식이 없어. 그도만 저
그서 '바짝바짝' 소리[가] 나고 저 역전에서 총소리가 서너 방 나고 그
려. "아, 이거 큰났구나." 난 그때 약국 옆에 사거리. 거 똘(도랑)이 있
어. 지금은 막았지만. [나는 얼릉] 그 밑으로 들어갔어. 들어 갔응게 쪼금
있응게 "이 쪼만한 새끼 어디 있냐!" 고 이놈들[이](방금 전 마주쳤던
두 사람) 와서 [나를] 찾는 거여. 긍게 그게 빨치산이여. 빨치산. "이 좆
만한 새끼가 어디 갔는가 모르겠다. 쥑여 버리겠다" 고. 오더라고. 난 그
밑으로(도랑 밑으로) 얼른 들어갔지. 하따~ 냄새는 나고 아 그따가(그러
고 있다가) [그 빨치산들이] 우체국 불태우고 지서도 불태우고. 빨치산들
이 와서 머허니(이것저것) 가져가고 굉장했어(난리도 아니었어). 그때
죽을라다가 한 번 살아났지.

야경은 어떻게 보시게 된 거예요?

인자 야경은. 그놈(빨치산)들이 밤에는 습격을 많이 하거든. 빨치산들
이. 다 지키고 있지. 한 백 미타(m) 거리. 지방 사람들이 인자 젊은 사람
들 다 그랬지(야경을 봤지). 남자들이. 여자는 못혀요. 육이오 바로 직후.
인자 육이오 직후 내가 일 년 있다가 대전 올라갔으니까 [그 전에 야경을
봤던 것이지]. [그때는] 여그 집에서 자고 인자 [야경은] 돈 받아먹고 다녔
지. 돈 있는 사람들이 야경을 무서워서 못 헌게 하루 저녁에 얼마씩 일당
받고 내가 다 하고 그랬지. 긍게 돈 벌라다가 돈 쪼끔 벌라다가 하룻저녁
에 갈락(죽을 뻔) 했어. 죽을 고비를 넘겼어.

이 동네에도 빨치산이 많았어요?

많았지. 지방 빨치산. 여기서도 사람 많이 죽었지. 데려다가 잡아다가. 사둔(사돈) 하나가 저 빨치산으로 가서 죽었지. 내장산(內藏山). 그 때 내장산 굉장히 심했거든. [그리고] 회문산(回文山). 여그 회문산이라고. 순창(淳昌) 가는 데 [있어] 거기가 빨치산 구더기였어.

그때 어땠어요? 도랑에 숨으셔 가지고?

거기서 양 숨소리도 못하고 나오기만 하면 직방 쏠 텐데, 그놈들이. 내가 영리해서 도랑으로 빨리 들어갔지. 총소리 나길래. 인자 [야경을 보는 사람들이] '전달을 잘한다' 고. 내가 선두자인게. '빨치산 나오는 것까지 잘 보라' 고 그런 전달을 한게. 그 사람들이(빨치산들이) 안 좋았지. [처음에] 나는 여기 경찰관들인 줄 알았어.

그 사람들이 경찰 옷과 군인 옷을 훔쳐서 입은 거예요?

그렇지.

대전으은 어떻게 가신 거예요?

[원래는] 그냥 무작정 상경(上京)했지요. 무작정. [그런데] 발이 닿는 것이 대전으로 발이 닿아 가지고. 그때 서울 가려면 도강증(渡江證)이 있어야 올라갔는데 서울로는 못 올라가고, 대전으로 가지고 역전에(역 앞에). 대전 역전 앞에. 첨에 들어가니까 '삼광사진관' 간판이 보이대요. 그래서 들어가서 주인을 찾아가지고 말을 했지. "일 좀 배웁시다" 했지요. " '사(寫)' 자(字)는 좀 아는데 일을 똑똑하게 배우고자 하고 여기까지 찾아왔다" 고 그런게 "그러냐? 집이 어디냐?" 고 [물었어요].

'신태인'이라고 [대답했지요]. 긍게 한참 보드만 [그 주인이 자기는] 이북 사람이라고, 주인이 평안(平安) 이북 사람. 내외간(內外間)이 [사진관을 운영]하고 있더라고. 그래서 거기서 [사진기술을] 좀 배웠지요.

대전에서는 어떤 것을 배우셨어요?

촬영 같은 것을 배웠지요. 찍는 것도 배웠지만 여기 대전 가서 완전히 이제 [배우고자 했지]. 바깥분(사진관 주인이던 홍성진 씨)한테는 촬영 배우고, 인자 저녁에는 암실에 가서 현상하고 인화하고. 사진을 빼야 하거든? 그날 찍은 거? 그건 안주인(홍성진의 부인)하고 같이 하고. 밤에는 사진을 빼야 헌게. 여기선 월급을 좀 탔지.

그 당시에 얼마를 받으셨어요?

그 당시에 얼마를…. 크게 얼만가? 기억이 안 나는데. 그게 쪼끔 용돈 정도 탔어요.

뭐 하셨어요? 벌어 가지고?

아니, [웃으며] 그냥 어린 맘으로 뭣도 사먹고 그랬지요.

대전에서 서울로 가게 된 얘기 좀 해주세요.

거기(대전)서 일 년 있다가 서울로 갈 마음이 꿀 같으대요. 더 배울라고. [주인 홍성진 씨에게] "서울로 가면 더 크게 배울 수 있냐?" 한게 "그렇다"고 해요. [주인이] "서울로 가고 싶으냐?"고. [나는] "가고 싶으다"고 [했지요]. 그런데 도강증이 있어야 가죠. 그래서 인자 [대전역] 역장실에 들어가서 "도강증이 없는데…." [하고 말했어요]. 그때 대전역에 헌병, 육군, 해병, 미군, 그런 놈까지 같이 다~ 전부 다 조사를 했어요. 도강중 없는 사람. 도강중 없으면 일절 [기차를] 못 타고 내려가라 하고. 도강중 있으면 한강을 건널 수가 있고. [나는] 도강중이 없고, 인자 무조건 [기차를] 탔는데 여자 통치마 있잖아요? 그전엔 여자 [치마] 그 속으로 [들어갈 수가 있었어요. 통이 커서]. [그래서 나도] 저기서 조사 오길래 들어갔어요.

아무 여자 치마예요?
"숨기 주시오" 한게 아주매가 얼른 [숨겨 줬어]. 한 쉰 살 먹은 [아주머니가] 숨겨 주더만.

그래서 안 걸렸어요?
안 걸렸지. [그래서 기차를 타고] 간디(갔는데) 노량진(鷺梁津)까지 왔어요. 노량진. 서울 한강 건너기 전에 노량진. 거기서 인자 또 조사를 한디여. 거기서 내리라 해서 내렸지. 내리니까. 내려서 역장실 들어가서 사정을 [했지]. 그 차(기차)는 가고 인자 사실대로 [말]했죠. '내가 이만치 할려는 목적은(서울로 온 까닭은) 사진인디(사진기술을 배우고자 함인데), 더 배울라고 서울로 도강중이다' 고, '[내가] 도강중이 없으니까 역장님이 어떻게 보내달라' 고 사정했지요. [그랬더니 역장이] "안 되는디?" [하고 말했어] 하여간 아~ 울면서 애걸을 했어요. 나중에 [역장이] "그러면 쪼금 있어 보라" 고. 그때는 석탄 기차라. "저기서 기차가 오니까. 한 통 오니까" 자기가 말해 줄 터이니, "그 놈 타고 도강하라" 고 [그랬어요]. 한 삼십 분 있으니까 비는 보슬보슬 오는디 기차가, 화통(火筒) 하나가 오대요? 대전서 온디, [역장이] 그놈 타라는 거여 인자. 화통에다 타고 가는 거여 인자. 가는데 한강 바로 건너서 거기다(용산) 내려주는 거여 그 사람이. 그 운전하는 사람이. 한강 바로 건너가지고 밤에 처음길인데 어찌 내가 집을(길을) 알어? 모르지. 한참 철로 길을 지난게. 그때 가만히 서있응게 갑자기 [어떤 사람이] 오드만(오더니) "쪼만한 새 끼가 여까지 뭣 타고 왔냐" 고. 차마 뭣 타고 왔다고 말 못하고 그냥 "왔 습니다" [했어요]. '너 어디서 왔냐?' 고 "시험은 못 칠 것이괴어차 피 도강증도 없을 것이고, 한강 [건너서는] 뭣 타고 왔냐' 고 자꾸 묻는 것이여. 그때 철도경찰. 가가지고 하여간 [철도경찰이] '몇 살 먹었냐' 고 '뭐더러 여기 올라왔냐' 고 조사하는 거여. "사진 똑똑히 배우러 올 라왔다" 고 [나는 얘기 했지요]. [그러더니] 옷 싹 벳기드만? "옷 벗으 라." 고 그때 밤 열두시나 됐는가. 벗으란게 벗었지. [그런데] 호주머니 검열 하는 거야. 있는 거 다 빼놓고. 돈 오천원인가 나왔을 것이여. 오천 원이나 나오는데, 나중에 '그 놈 빼놓고 옷 입으라' 고 [그러더라고]. 그 오천원 그 사람들이 "가져가도 괜찮냐?' 그려. 그래서 가져가라 그랬 지. "여그 쪼끔 있다가 날 새면 가라." 그려. "우리가 보내줄게." [그 러더라고]. 그래서 내가 어디를 서울 길을 아나요? 나 모르지? 처음 길인 디. 그때 말로 혼마치[本町通] 찾아가면 번화한 거리인디. 동화백화점이 그때 피엑스(PX)가 됐지. 동화백화점 자리가.[17] 인자 새벽 다섯시 된게 전차가 댕기고, 전차 타고 가란 것이여. 전차비도 얼만지 모르고 하여튼 무조건 나왔어. 전차 오길래 무조건 그냥 들어갔지. 전차 안으로. 그 차 장이 '표 달라' 고, '뭔 표요?' 나는 그때 어린 맘으로. "뭔 표요?' 근게. '이 표 있어야 탄다' 고. "얼마요? 아, 지금 돈이 하나도 없는디 요" [라고 말했어요] [그랬더니 차장이] '너 어디까지 가냐?' [하고 물 었어요]. "혼마치가 어디요?' [그때 나는] 혼마치가 어딘지 몰랐어요.

그때 말만 들었지. 긍게 동화백화점 자리 거기가 혼마치라는 거요. 거 남대문 옆에. [그래서 내가] "혼마치까지만 데려다 주시오." 그랬지. [차장이] 아무 소리 않고 웃드만? 쬐그만한 놈이 그런게 웃어. 그(충무로)까지 오니까 내리라고 허드만. '여기가 홈마찌'라고. 내렸지. 아침도 굶고 인자 그때 동화백화점 자린게. 현재는 거그가 신세계백화점이여. [당시에는] 이름이 피엑스인게 미군 들락날락하고 글도만.

그때 도강증은 어떤 사람에게 주었어요?

그때 도강증 가진 사람들은 지방의 면장, 읍장, 군수. 서울에 군인 가족이라든가 그런 사람들. 서울 본토배기들.

도강증이 없는 게 걸렸을 때는?

바로 하차시켜 버렸지. 못 가게.

어떻게 아줌마가 마음 좋게 숨겨 주셨네요?

나는 키는 쪼그만 하고 예쁘장한게. 그때 생각하면 참 내가 어찌서 그런 맘을 갖고 거길 들어갔는가 하면 그것이 자다 웃을 일이여. 근데 [전차에서 내려 그 근처를] 돌아다닌게 '대성사진관(청탑사진관)'[18]이라고 간판이 하나 있어. 거기를 들어갔지. [들어가니까] 주인은 안 나왔다고 하고 종업원이 있어요. "여기 뭐더러 왔냐"고 그래요 나더러. 그래서 "주인 좀 만나 보러 왔다"고 [그랬지]. "쪼끔 있으면 나온게 기다리라"고 혀 [그 직원이]. 아침, 한 여덟시? 아홉시 되니까 주인 나오드만, 주인이 누구냐면 그때 이름이 김언길이라고. 그분이 오드만? 나이 한 사십오 세쯤 먹었드만. 거기서 인자 좀 뵙자고 얘기를 좀 했지. "사실은 사진을 좀 배운 지 얼마 안 되었지만 배우러 왔다" 고. "어디서 나왔냐" 고. 그래서 '전라도서 왔다' 고. "전라도 어디냐?" [물어서] '정읍' 이라고 [대답했어요]. 어디 어디서 배웠냐고 [문길래], "신태인에서 배우고, 대전에서도 배우고, 인자 여기 왔다" 고 [했지]. 지금 마침 그 집 (청탑사진관)도 꼬마쟁이 하나 구할 판인디 '마침 잘 되었다' 고. '들어가서 있으라' 고 하더만. 거기서 자고, 밥 먹고. 암실 일을 많이 했죠.

그때는 주인 혼자 일을 했던 거예요?

아니, 기사가 두서넛 있었을 것이여.

큰 데였네요?

크지요. 그 기사 말을 다 듣고 일을 배우는 거요 인자 내가. 내가 인자 착실허게 잘 있으니까 [사장이] "너 고등학교 갈 생각 없냐?" 그려. [그래서 나는] "일허는 사람이, 일 배우는 사람이 어떻게 갈 수가 있냐?" 고 [말했어]. 근게 "야간 고등학교라도 갈라면 가라" 고 [사장이 말했어요]. [내가] "돈이 내가 어디가 있어요?" 그런게 "학비는 내가 대줄게 가라" 고. 그래서 그때 돈만 있으면 고등학교는 맘대로 갈 때여. 그때 대동상고(大東商高)라고. 거그를 가라고 하드만.

대동상고 시절에는 어땠나요?

[사실] 그 학교는 제가 일이 고되 가지고, [입학만 하고] 되아서(힘들어서) 못 댕겼어요.

그 사진관에서는 일을 많이 하셨나요?

네. 거기서 많이 배웠지요. 배워 가지고 한 일 년 다니다가, 되아서(힘

들어서) 학교도 못 댕기겠네요. 그래서 [사진관 주인이] '그러냐 고 '그러면 학교 다니지 말고 일이나 착실히 배우라' 고 그러드만.

여기서도 계속 월급을 받으셨어요?

용돈 정도. 용돈 정도로 주었어요. 받아 가지고. 내가 뭐 배고프면 가서 사 먹고, 다 없앴지 뭐. 어린 사람이 돈을 메우겠어(모으겠어) 그때? 거기서 한 삼 년 간 배웠죠. 삼 년 간. 인자 촬영 같은 것을 더 배웠지요. 출사(出寫) 같은 거. 그때는 구식결혼 같은 거, 어린애들 돌사진 같은 거 많이 했었어요. 주인 따라다니면서 배웠지요. 그것은(출사는) [손님들이] 요청만 하면 나가지요. '몇 시까지 오라' 고. 돌사진 같은 거 많이 찍었어요. 서울 사람들은 집에서 돌사진 찍어안게. 그런 것을 주로 했죠.

신식 결혼 출사는 안 하셨어요?

신식 결혼은 없었지요. 예식장이 있어 가지고 예식장에서 [사진 찍는 것까지] 다 했지. 구식 결혼은 인자 시골에 [가서 찍었지]. 구식이라는 것은, 남자가 신부네 집 가서 [하지]. [나는] 사진만 찍고 나오니까. 그 전에는 신부집 가서 [혼례를] 했거든. 어째 그런 것도 드물고 서울 사람들은 예식장에서 허지, [그래서] 돌사진 같은 거 그런 거 많이 찍으러 댕겼어요. 예식장 생기니까 예식장에서 헐라고 하지, 편하게 헐라고지 누가 구식 결혼하겠어요? 시골에서는 그때 굉장했죠(많이들 했지요), 구식 결혼. 그런 것은 인자 삼 년간 배우고, 인자 '동원예식장' 사진부로 누가 얘기하길래 거리(그곳으로) 들어갔죠. 거기 주인이 누구냐면 '김진문' 이라고, 개성 사람.

1950년대 초반에 찍었을 것으로
추정되는 이 사진은 윤영국이
대동상고(야간)를 다니던 시절의 모습을
담고 있다. 사진은 당시 근무하던
사진관 주인이 촬영하였다.

왼쪽 사진과 마찬가지로 대동상고에
다니던 시절 찍은 사진이다. 윤영국은
대동상고를 몇 달만 다니다 그만두었기
때문에 그때가 언제였는지를 정확히
기억하지 못한다고 했다.

동원예식장은 어디에 있었어요?

종로에 있어요. 종로사가. 여기서는 촬영했죠, 촬영. 저녁에는 인화하고, 밤에도 인화하고. 기사들이 서너 명 되는디, 자기가 찍은 놈 자기가 분야를 따로따로 하니까(자기가 찍은 것은 자기가 인화하니까). 그고(그리고) 인자 아침[이나] 새벽에는 천주교에 가서] 출사허고. 천주교는 아침에 결혼식 하드만. 아침에 새벽에 다섯시인가 여섯시에 하드만. 결혼식을 아침에 허 거그는. 그때만 해도 [그랬어]. 지금은 낮에 허지만 그때만 해도 아침에 했어.

서울 동원예식장에 근무하던 시절 동료사진사가 찍어 준 사진이다. 윤영국은 당시 수입이 안정적이었기 때문에 여성들에게 인기가 많았다고 했다. 그는 당시 여고에 다니던 동원예식장 사장 딸과도 연애한 경험이 있다.

2. 화려했던 총각 시절, 그리고 결혼

윤영국의 결혼식에 온 친구들이 함께 포즈를 취해 주었다. 이 중 세상을 떠난 친구들도
꽤 있다.

서울 아가씨들과의 데이트

장가는 언제 가셨어요?

장가는 여기서(신태인) 갔지요. [사진관] 개업하고. 장가는 서른다섯 살에 갔을 것이여. 늦게 갔어. 객지생활만 하다가.

같이 일을 했던 사진기사 중에 여성도 있었나요?

여자는 없었어요.

서울에서 연애는 하셨나요?

서울서 연애를 허기는 했지만. 유명 허지요, 사진사들 연애허는 것은. 아~ 사진을 다루기 때문에. 괜히 여자들이 따라요. 의사, 사진사, '샤 자(字) 들어간 거 돈 번다고 했잖어. 지금은 알아주들 않어. [당시에] 사진 사라면, 돌사진 찍으라고 하면 한 상을 따로 차려 줘 버렸는디.

연애할 땐 뭐하셨어요. 당시에는?

데이트도 허고 뭐. 창경원(昌慶苑) 같은 데, 덕수궁(德壽宮) 같은 데. 그런 데 [갔지]. 창덕궁 같은 데 많이 댕기죠. 원래 거기[개] 남녀 놀이턴 게. 사진이 또 예쁘게 나와요, 여기가. 점심 먹을 때 뭐 거시기 아스크림 (아이스크림) 같은 거. 여자가 [돈을] 쓰라믄(쓰려면) 우리는 못 쓰게 해요. 남자가 쪼잔하게 [여자한테 돈 내라고 할 수는 없지]. 쓸라고 해도 쪼잔하게 남자가 써야지 여자가 쓰겠어요?

서울에 사실 때는 연애를 하셨는데 신태인에 와서는 왜 안 하셨어요?

시골에 와서는 영업 시작해 가지고 한 달 내내 양 [바빴어]. 그때는 큰

애기(아가씨)들이 낮에는 일허기 때문에 못허고(사진 찍으러 못 오고) 밤에 다 해돌라고(해달라고) 사진 찍으러 와요. 촌 큰애기들. 낮에는 일이 바쁜게 못허고 밤에 밤에. 그러면 나는 사진 찍고 나서는 데려다준다고 밤이라. 데려다줘요, 거(집)까지. 다 데려다줬지. 밤에 오니까 어찌 큰애들 보러 [혼자] 가라 그래. 그때는 남자들이 앵기믄 막 거시기헌디. 그때는 무법천지인디 [아가씨들이 혼자 다니면 위험하지]. 낮에는 일을 허기 때문에 못 나와요. 그때만 해도 사진들 많이 찍었어요. 여자들 기념사진도 찍고 독사진 찍고. 그때만 해도 사진 경기 좋았어요.

데이트 하신 얘기 좀 해주세요?

그런게 서울에서 사귄 여자들은 일요일만 만나고. 내가 일요일 날은 [옷을] 쭉 빼고 나오거든. 내가 돈을 벌은 놈을 싹 쓰고 가. 여자들 헌티. 여자들은 잘 따르고 그 다음에 어쩔 때는 또 "일요일날 만납시다." 하고 가들이 연락 와 전화로. '놀러 가쟈'고, '극장 가쟈'고. 일요일마다 만났으니까.

데이트 상대가 바뀌었어요. 매번?

[만나던] 여자는 한 서너 명, 너댓 명 되지. 하루는 이 여자 나오고 저 여자 나오고. [그 여자들을 한꺼번에 만나면] 내가 감당할 수 있간디? 그 돈을? 긍게 하루는 '너 만나쟈' [도 다른 날에는] '너 만나쟈' 그러고 댕겼지.

그 여자들은 어떻게 알고 만나신 거예요?

사진 찍으러 와 가지고 인자 어떻게 [알게 됐어요]. 그때 사진사들 얼굴

1950년대 후반 서울에서
사진사로 일할 때 만나던
아가씨들과 놀러가서
찍은 사진이다.
여성들에게 인기가
많았던 그는 세 명의
아가씨들과 함께 나들이를
간 적도 있다.

깨깟하고(깨끗하고) 그런 놈은 여자들이 잘 따랐어요.

인기 없는 사진사도 있었나요?
있었지. 있긴 있었지.

그 시절에는 데이트할 때 주로 어떤 곳에 갔나요?
극장 가고 덕수궁 같은 디? 그런 디, 창경원 같은 디 가고. 그런 디를 많
이 댕겼지.

그때 기억나시는 영화?
영화? '정거리의 북(정글북)'이라고. '정글의 북'인가, '진성' 나
오고. '타잔' 같은 거? 영화. 그런 영화를 많이 봤지. 외국 영환디.

외국 영화예요? '진성'은 누구예요?
'진성'이라니?

'진성' 나온다면서요?

궁게. 호랭이 같은 거. 외국 영화. 타잔 영화![19]

그때는 극장 관람료가 비쌌어요?
이천원인가 삼천원인가 그랬을 것이여. 단성사 같은 디.[20] 서울.

극장은 어디어디 가셨어요?
그 단성사. 대한극장. 그 서대문극장. 거그 댕겼지.

주로 사람들이 어디에서 데이트를 했나요?
비원[21] 같은 디. 그런 데로 많이 댕겼어.

뭐해요? 덕수궁 같은 데 가면?
이런 얘기 저런 얘기 허면서. 그날 점심이나 먹고, 그러고 친해지고.
밥은 인자 저 뭐 빵 쪼가리 같은 거 사 가지고 앉아서 먹고, 얘기허고.

빵을 사 가지고 가요?
응. 사 가지고 들어가. 제과점 가서. 내가. 저그들이 사 가지고 올 때도
있고. 그때 빵 같은 거 맛이 괜찮았지.

여자들 만날 때 빵집에서 만나고?
빵집에서는 안 만났어. 빵집에서는 안 만나고, '어디서 만나자' '어
디 덕수궁 문 앞에서 만나자' 그렇게 해서 들어갔지. 그 당시에는 다 [그
렇게들 했어]. 여 지방(신태인)에서는 데이트를 일절 [못했지]. 여자들을
못 사귀고. 그 일(사진 일)만 열중하느라고.

근데 왜 서울에서는 일에만 열중 안 하시고?

일요일날은 대개 쉬게.

신태인으로 오셨을 때는 일요일에 안 쉬셨어요?

그…. 인자 원래 [사진사라는] 직업이 [특히 사진관 영업을 시작하면서 부터는] 놀으라는 법은 없거든. 쉬라는 법은 없거든. 서울 같은 데는 일요일 날에는 주인보고 "오늘 하루 놀러갑니다" 하면은 주인이 갖다오라고 허지. 여기(신태인)는 일이 많은게 그렇게 허들 못해요. 지방이라.

왜 여기가 일이 더 많아요? 기사가 없어서 그래요?

기사를 일은 많은데 기사를, 사람을 쪼깨(조금) 쓰고, 월급 줄랑게.

신태인 여자와 결혼하다

결혼은 언제 하셨어요?

[웃음] 내일이 결혼식이믄 오늘 저녁에 왔지. 그때 서른세 살인가 네 살인가 결혼했어. [서른세 살인가 네 살인가 정도. 서울서 있다가 급작스럽게 내려와 가지고.[22] 그때 처 큰어머니가 원불교 신자였어. 그 양반 통해서 [원불교당에서 결혼식을] 했지. 나는 천주교. 결혼허고 나서 천주교 믿었어.

부인은 어떻게 만나셨어요?

서울 가 있었는데 급격히 사춘형님(사촌형님)이 볼일 있다고 내려오라고 해 가지고 그 이튿날 바로 맞선 보라는 것이여. 근디 난 결혼할 생각을 않고 내려왔지. 근디 이거 맞선 보고 가라 허니 어쯔께(어떻게) 헐 수도 없고. 그래서 봤죠. 본디 그 집(처가)이서도 맘에 들고 나도 좀 싫든 눈치는 아니고 그래서 그 이튿날 약혼을 해버렸어요. [그리고 나서] 서울로 바로 올라갔지. 올라가서 내려와 가지고. 한 한 달 만에 내려와 가지고 결혼식을 했어. 그래서 붙잡혀 가지고 딱 못 가게 하는 것이여 인자. 처갓집에서 '올라 가지마라'고. 참 그래서 거 그냥 "서울 모든 정리를 다 허고 내려올 텐게 그럴 줄 알아라"고 그것이 한 석 달간 갔어. 서울 가서 맨 전화를 하고 편지를 허고 매일. [그리고는] 내려와 가지고 신태인에 주저 앉었지. [그때까지만 해도 아직 사진관] 개업은 안 했지. 한 달간 놀고 있응게 딴 데서 델로 왔드만 기사를 해달라고.

거기는 어디예요?
정읍사진관.

사촌형님은 그때 어디 사셨어요?
거 신태인에 살았지.

맞선은 어디서 보신 거예요?
신태인에서 봤지. 내가 장개(장가)를 안 간다고 원래 계획을 잡았어요. 그러다가 나이는 먹어가고 겁나지. 집안에서도 [그러지]. 그래서 그냥 딱 전보치고 다 하더만? 걍 급헌 일이 있으니까 빨리 좀. [나보고] 오라고. "형이나 어머님이 돌아가셨나?" 허고 [생각하면서] 양 돌아왔지. 근디 그것이 아니여. 결혼식 선보라고 급하게 전보를 쳤던 것이야.

약혼사진을 맞선 본 다음 날 찍으셨어요?
그렇지. 급격히 결혼한게 됐어요. 서로 다 맘에 든게 허지.

1966년 1월에 촬영한 결혼사진이다.
장소는 신태인 원불교당이었다. 당시 그는
믿는 종교가 없었는데 처숙모가 원불교
신자였기 때문에 그곳에서 결혼식을 했다.
부인과는 맞선을 보자마자 결혼을
결심했다고 한다. 그러나 그가 52세
되던 해에 부인은 당뇨병으로 먼저
세상을 떴다.

2006년 여름, 연구자가 촬영한
신태인 원불교당의 모습이다.
윤영국은 이곳에서 결혼식을
올렸지만 그후 한 번도 찾아가 본
적은 없다고 했다.

그런데 한때는 왜 결혼할 생각을 안 하셨어요?

그때는 혼자 놀러댕긴게 좋습디다. 걍 맘대로 허고 자유가 있고. 결혼 허든 자유가 없잖아요. 돈 벌으믄 친구들이 와서 급작히(갑자기) 와서 "아. 우리 쌀이 떨어졌는디 쌀 한 가마만 빌려 달라." 이거여. [친구들이] 뭣이 또 필요하다고 돈 도라글믄(달라고 하면) 또 [돈이] 싹 나가 부러. 그래 하숙비도 없이 앵 쩔쩔매고 댕겨, 나는. 누구한테 아순소리(아쉬운 소리)를 허질 않은 사람인게 나는. 근게 한 달간, 한 달간 [정작 나의] 하숙비를 "한 달만 연기헙시다." 그래. 사정해 가지고. 또 한 달 되면 월급 타서 주고. 이런 생활을 했지 내가. 거 내가 돈 있으믄 친구들이 어찌게(어떻게) 알고 찾아와 돈만 생기믄. 그런게 내가 이름을 [윤영국으로] 갈었어요 그래서. 호적은 그대로 놔두고 이걸로 친구들한테 불러 라고 얘기를 했어. 근디 이 이름으로 통해 지금은.(주24번 참고)

자녀분들은 어떻게 알고 계세요?

자녀는 다 이걸(윤영국)로 부르지 애들은. 명함도 이 이름으로 썼죠. [윤영시라는] 이 이름은 잘 안 쓰니까. 뭐 호적에만 있지.

결혼하신 뒤에는 친구들이 돈 빌려 달라는 소리를 안 하던가요?

인자 거 상대자(부인)가 있으니까 암만해도 거시기 하죠(예전만큼 쉽게 빌려달라는 말은 못하지요).

카투사 사진부에서의 군복무 시절

군대는 다녀오셨나요?

훈련 받고 나서 바로 양. 난 저 아무나 나오라 그래서 한 다섯 명 나오

경기도 문산에서 군복무를
하던 시절 부대의 개를
훈련시키며 찍은 사진이다.
사진의 뒷면에는 단기 4291년
(서기 1958년)에 찍은 것으로
표시가 되어 있지만 이는 그의
구술 내용과 맞지 않는다.
어느 쪽이 맞는지의 여부는
판단하기가 쉽지 않았다.

라 글드만. 미군이 쫙 델꼬(데리고) 가버려. 문산(汶山) 문산. 저기 경기
도 문산. 저그 임진각(臨津閣) 옆에 문산이라고 있어. 거그서 통신병 했
어 통신병. 카츄사(KATUSA) 거 무비 카메라(movie camera) 쫌만한 거
갖고 댕김서 찍고 그렸어. 거기서 찍어 가지고 다들 본국으로 보냈어. 미
군 군대만 그런 게 있었지. 무비 카메라 거 비디오 같은 거 찍어 가지고
본국으로 보내고.[23]

혼자 찍으셨어요?
혼자 했죠. 사람 노는 장면 같은 거 훈련하는 장면 같은 거 찍으니까.

부대 이름이?
어. 미군 사십오 탱크 부대. [문산에서는] 사진은 안 찍고 비디오만 찍
었어요. 거 사진은 없으니까. 인자 미군 애들이랑 따라댕기면서 하나 그
러지? 그 부대 개[를 길렀는데] 개가 인자 조용히 따라와. 내가 잡고 거시
기 했지(키웠지). 밥 주고. 그렇게 친해졌다. [이름이] 쫀(John). 미국 이
름이지. 그것이 개가 한 오 년 되았을 것이여. [내가] 동물을 좋아했는디.
부대 상사가 가지고 있는 갠디 나보고 간수를 잘허라 해서 내가 그냥. 그
사람이(의) 개를 삼 년 동안 맡아서 내가 밥 주고 다 허고 그랬지.

이 개는 어떤 종류에요?
쎄파트(shepherd). 미제(美製).

카투사 사진부에서는 얼마나 계셨어요?
그게 저 저그 동화백화점 자리? 거기서 이 년 있다가 에, 이 년, 이 년 있
다가. 거기서 그 피엑스 직원이 왔다갔다 하든만, [내가 근무하고 있었던]

군복무 시절. 사진
뒷면에는 모두 '단기
4291년 임진강' 이라고
적혀 있다.

그 사진관에. 그래서 내가 [군대에 가서도 사진 일을 하고 싶다고] 얘기
해 가지고. [그랬더니 그 피엑스 직원이] 그렇게 하라고. 그래서 인자 거
기서 진로 얘기해 가지고, 데려갔지, 거기서(피엑스 사진부).

피엑스에서는 주로 어떤 일을 하셨어요?
일반 미군들, 기념촬영. 그것을 많이 했지. 수정해서 그냥.

피엑스 사진부에는 몇 명이나 있었어요?
그때 직원이 에~ 여섯 명인가? 컸어요.

아무나 다 뽑진 않았지요?
아니야. 그때 시험을 봤지, 보기는. 인자 아는 사람이 우선 시험을 보
라고 하드만.

어떤 사람이요?
그 피엑스 안에 있는 사람이.

그 사람은 어떻게 아셨는데요?
[처음 서울에 와서 머물던 사진관에] 들락날락 하길래 그때 잘 알아뒀
지, 내가. 그 시험을 보라고 해서, 임시, 임시라도 시험을 보라고 해서. 인
제 시험을 봤지. 거기는 에~ 두 명 뽑는대서 다섯 명이 그때 추천 들어왔
는가? 거기 두어 명 나오고 인자 하이튼, 그 사람하고 같이 들어갔지. 거
기가 들어가기 힘든 자리요. 두 명만 뽑혔어.

주로 미군들 촬영하고, 또 어떤 일을 하셨어요?
미군들 기념 독사진 찍어서, 저그 고향으로 보낼려고 그런 사진을 많

이 찍었어요.

피엑스 사진부에는 한국 사람만 있었어요?

미군들은 군인들만 와서 거시기 하고, 에~ 한국 사람이 저 사진 청탁 받아가지고 입찰해 가지고 받아서 들어간 것인게.

그때 피엑스 사진부 관리하는 사람이 누구였어요?

그때 김… 뭐. 김씬데 이름은 잘 모르겠는디.

동화백화점 자리(피엑스 사진부)에 계셨을 때와 문산에 계셨을 때 하는 일이 달랐어요?

달라지는 건 없지. 미군들 훈련하는 거, 거 찍어서 본국으로 보내는 거. 촬영을 하고, 인자 내가 허다, 딴 사람이 허다 그랬지. 아마도 여 서울 이(피엑스에서의 생활이) 재미있지. 거그선(문산에선) 징역살이 같이 (재미없었지).

그러면 군대에서 비디오 촬영이라는 걸 처음 해보신 거예요?

처음 했지.

사진부 사람들은 따로 훈련은 안 받았어요?

그런 건 없어요. 그런 건 없고. 사진기술에만 열중하면 된게. [미군들 이] 다들 인제 시간 날 때 피엑스 들리거든. 인자 [피엑스로] 물건 사러 와 서, 인자 사진부가 있으니까 저그가 사진 찍고 가고 그랬지.

피엑스 사진부에서도 출사를 하셨어요?

나간 거는, 그런 건 없어.

훈련소 안에는 못 들어가요?

일반인은 못 들어오지. 피엑스 안에. 일반인은 못 들어와. 그 저 피엑스 내에 영화관이 있거든. [나는] 인제 거그서 또 영화도 보고.

제대를 한 뒤에 비디오 촬영을 많이 해 오셨어요?

비디오는 안 했어요. 그때는 일반 비디오가 없었거든. 한국에. 비디오가 나온 지 얼마 안 되어서.

[사진을 보면서] 군인인데 왜 머리가 길어요?

그때는 머리 저 거시기 야. 머리를 안 깎았어요. 카츄샤라도 이런 카츄샤하고 틀려요. 리보트(liberty)라고 자유여 잉. 리보트잉 자유. 그거 완장 차고 댕김서. 그때는 거 문산 갈라믄 지문이 있으야 들어가요, 문산 가서. 삼팔선이 격리지대라 통과증이 있으야 들어가요. 문산 갈라믄. 우리는 거 자유라고 그 지문 있으믄 다 통과돼아. 인제 휴가, 저 일요일날 쉴 때 인자 쭉쭉 빼고 나오거든. 일요일날은 있는 구두 쫙 빼고 나오거든.

피엑스에 근무하는 사진사들도 제복을 입었어요?

입었… 입기도 하고 안 입기도 하고. 예, 자유로웠지. 거기서 갖춰 입는 건, 여그(문산)나 서울이나 마찬가지지. 그때 여대학생들이 약속들 많이 했어요. 대학생들이. 양색시들이, 양색시들. 대학생들이 많았어요. 학생들이여, 학생들.

군대에서 운전도 해보셨나요?

그건 운전을 못하는디 내가, 그건 [운전하는 법을] 알라고 딜(하지를) 않았어.

그때 영어는 잘하셨어요? 미군하고 같이 얘기도 하셨어요?

했지. 했지만, 인제 다 잊어먹었어. 그때 그때 영어는 좀 했지. [그런데] 많이 잊어먹었어, 다 잊어먹었어. 영어는 해야 느는디, 자꾸 해야디. 내가 안 해버린게 양. 아, 미군들하고 같이 인자 대화하면서 그렇게, 딱 거시기(대화)했지.

특별히 친하게 지냈던 미국 군인도 있었어요?

예, 있었어. 미군이 그때 검댕인디, 미국으로 들어가자고 글더만. 같이 들어가자고. '내가 너를 아들로 삼을 테니까 들어가자" 고. 존(John) 머시기라고 한디. 이름이. 장교여. 작대기 하난디. 가가 인제 본국으로 들어가게 생겼웅게 들어가는디, 내가 '안 들어간다' 괴[그랬어]. 내가 그때 들어갔으면, 어떻게 될랑가 모르지.

근데 왜 안 가셨어요?

굳이 가기가 싫더라고. 딴 애들은 [미군 따라서] 많이 들어갔는디.

이 카투사에는 사진부 말고 다른 한국 군인도 있었어요?

공병대도 있고. 부대마다 다 틀리니까. [그래도 사진부가] 편하죠. 깨끗하고. 그건 인제 군속(軍屬)이나 마찬가진게. 군속이나 마찬가지. 군인, 진짜 군인이 아니고, 군속이나 마찬가진게. 하이튼 진짜 군인이 아니고, 군인 반 일반 반 역할을 한다 이거지.

3. '진짜 사진사' 되기

수정을 잘해야 '진짜 사진사'

예전에도 사진 수정을 했나요?

지금은 사진은 똑같이 찍으면[서] 칼라가 나와서 수정을 안 해요. 그때는 흑백이라 전부 수정해서 해줘야 돼. 이 얼굴 주름살 같은 거 없애야 할 거 아니여? 이쁘게. 여자 화장하드끼(하듯이) 하는 거여. 옛날에는 칼 같은 게 있어 가지고, 곰보 같은 거 거시기 여기 볼때기 나온 사람 있잖아요? 칼로 깎고 그랬어요. 사람을 만들어요, 인제. 여자들 화장하드끼 이쁘게. 이쁘면 이쁘게 만들고 미웁게 만들고 할 수 있잖아요? 그런 식으로 이 수정이란 것이. 옛날 사진이 참 기가 막혔지요. 그때 고칠 덴 다 고치고, 이 점 같은 거 다 없애고, 눈도 적으면(작으면) 키워 주고. 근디 칼라는 그렇게 허들 못하지요.

칼라가 더 수정하기 어려워요?

칼라는 찍기만 허면 색으로 나온디, 자연 그대로 나온디 흑백은 사람을 만들고 거시기 허고 하는 것이여 이게. 자연 얼굴 그대로 나오니까. 지금 디지털은 또 다르지요. 지금은 디지털로 많이 찍잖아요? [그때는] 한 번 원판을 수정허면 그 놈 갖고 몇 백 장 뺄 수 있어. 그 사진을 뺄 때 보면 참 신기한게. 원판 수정할 때 긁을 데는 긁고 가릴 데는 가리고 인제 만드는 거여, 사람을.

칼 말고 또 뭘로 작업하셨어요?

붓. 빵구 났을 때는 붓으로 메꾸고(메우고).

뭘로 칠해서?

먹. 옛날에 사진 참 어려웠어요. 지금은 아무것도 아니여. 사진 칼라가 기술이 아니여.

이런 것은 언제 배우신 거예요?

[서울 시절] 사진관[에] 있으면서 밤에 연습을 하고 하지요. 주인 없을 때. 밤에 잠을 안 자고. 배울 때부터 시작했으니까. 주로 목적은 수정이니까. 흑백사진은 주로 수정이었어. 수정.

누가 수정을 잘하느냐에 따라서 어떤 사진사가 능력이 있나 없나를 평가했나요?

그렇지 인자, 수정만 잘하면. 사진 찍을 때 어떤 여자가 맞선 볼 사진인데 '잘 찍어달라'고 하잖아요? 그럼 어디가 인자 나왔다면 '이거 없앨 수 있냐' 고 '없냐' 고 물어봐요. 그럼 "없앨 수 있다"고. 그럼 "찍어 가지고 이거 없앨 수 있다" 면 좋다고 해요.

칼라 사진이 언제 처음 나왔어요?

그때 내가 서울 가 있다 내려와 가지고 전주서 '전주문화사진관' 있을 때(1970년) 그때가 칼라 하나씩 비췄어요. 그때는 사진사들도 찍으면, 칼라 원판을(이) 일본서밖에 안 나왔거든. 칼라 원판이. 원판에다가 찍으면 칼라로 나온 사진을 찍어 가지고 인화하면은 신기하지요.

신촌에서 이 년 계셨고? 그 다음에 허바허바사진관으로 가신 거예요?

신촌에서 허바허바로 갔지(1961년). 그때 반도호텔이라고. 명동 요짝으로 시청 옆에. 지금도 있을랑가 모른디, 그때만 해도 기사가 오십 명이었어. 기사가 오십 명인디 우리 전라도 사람 들어갈라면 못 들어갔어. 그

1974년에 취득한 사진사 자격증이다. 시대적 분위기가 자격증을 요구하게 되어 서울에 가서 기능검정시험을 보았다.

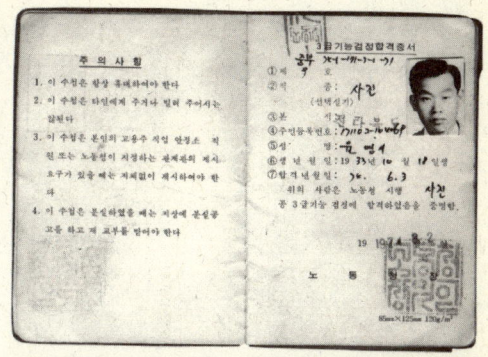

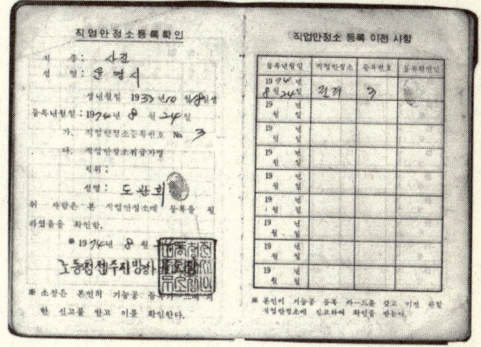

래서 인자 허바허바 주인이 잘 아는 사람이 있기 때문에 [당시 동원예식 장 사장이] '거기 가서 일을 좀더 배우겠냐' 고 해서 시험 보고 들어갔 지. 시험 [종목은 뭐였냐면은 수정. 제가 주특기가 수정이거든 원래. 원 판을 딱 내놓고 '이것을 시간 내로 수정을 하라' 는 것이여. 그거 들어 간 사람만. 매일 같이 뽑는 것이 아니여. 사람 비었다면 들어가는디, 시 험을 보고 들어간다 이거여. 그래 갖고 수정을 삼십 분이면 삼십 분안에

끝내야 혀. 근데 그것을 [대부분은] 삼십 분에 못 끝내요. 한 시간은 걸려.
대강만 빨리빨리 해야지 그것을 꼼꼼히 허면 한 시간도 더 걸려. [허바허
바사진관에 들어가기란] 어렵지. 전라도 사람은 힘들다. [면접 때] 무조
건 "어디 사냐" 고 해 전라도면 다 쳐버려. 안 써.

그 허바허바사진관 사장이 어디 출신이었어요?
이북 사람. 개성(開城). [그런데] 전라도는 알아주들 않았어요, 서울서.
'하와이치' 라고 해가지고. 경상도놈은 경상도 '문딩이' 라고 하드끼
(하듯이) 여그 전라도는 '하와이치' .

'하와이치' 라는 말이 어디서 나온 거죠?
어디서 나온지는 모른다. 하여튼 서울 사람들이 만들은 것 같어. 그때
'하와이치' 라고 허면 알아주도 않았어. 서울서는 알아주도 않았어.

사진사 자격증을 취득하다

그때 전주(全州) 와서(전라도로 아예 내려온 후) 노동청에서 시행하는
사진 시험이 자격이. [자격증을] 따면은 학교 같은 디(데) 관공서 같은 디
사진을 찍을 수 있어요. 그때 시험이 한창 있[었]어요. 그서 갖고(그래 가
지고) 그때 시험은 서울 가서 봐 가지고 됐어요. 이급. 익산(益山)으로 와
가지고 '익산평화사진관' 이라고. 거그서 한 일 년 육 개월 있었다가 정
읍에 '정읍사진관' . 거기서 한 일 년 있었다가 여기 신태인에다가 개
업을 했지요(1972년). 개업해 가지고 그때사 시험제도가 생겼지요.

원래는 없었는데 어느 순간 생긴 거예요?

위, 서울에서 근무할
당시 동료들과 만리포에
놀러 가서 찍었다.

아래, 대성사진관
동료들과 크리스마스
파티를 하는 모습이다.

긍게 사진사들이 '인자 시험제도를 해얀다' 해서. 자격증이 있어야
한다고.

자격시험은 서울 어디에서 보셨어요?

그때 서울, 무슨? 어디다고 그러드라? 큰 강당인디, 거기서 했어요. 수
험표 달아 가지고 부르는 대로 들어가서 봤지요.

혼자 봤어요?

서울에서 사진사로 근무할 당시 동료들과 나들이 가서 찍었다.

그렇지 혼자씩.

자격증 지금도 있나요?
자격증 집에가 있는데. 찾아보면 있는데.

'허바허바사진관'에서는 몇 년 일하셨어요?
삼 년간 있었죠. 거기서는 시간제로 여덟 시에 출근해 가지고, 저녁 여섯 시에 퇴근. 이렇게 했어요. 직장이었어요. 우리가 있었을 때가 '제일 허바'였어(본점이었어). 거가 있고, 을지로 입구에 또 허바허바사진관가 있어요. 거기는 작은 집이고. 그니까 말하자면 [분점처럼] 세칸드(second)를 두고 거그다 하나 채려 줬지, 주인이.

서울 생활을 육 년 만에 끝내시고 전주로 내려오신 거죠?
그렇지. '전주문화사진관'이라고 거기 있었어. 지금 경원동(慶園洞). 지금은 없어졌을 거야 아마. 중앙우체국 조금 올라가면 있지. 번화가로 쭉~ 허니 올라가면 있어요. 지금은 없어요. 없어졌을 거여. 그때가 언제 다고, 몇 년도라고 [아직까지 남아 있겠어]. 거기서 스카웃해 갔어요. 그때 '허바[허바사진관]'에 있다면 전국이 다 알아줬어요. '허바'에 있다가 나왔다 하면.

'전주문화사진관'에 기사는 몇 명이나 있었어요?
그때 네 명 있었어요. 네 명이면 큰 사진관이죠. 전주서 제일 컸으니까. 촬영도 하고 암실도 보고 다 했지. 닥치는 대로 했어요. 이때 칼라 사진[이] 조금씩 나오기 시작했어요. 신기하게 보이대요. 칼라가 비쌌지요. 흑백 배를 받았으니까. 재료값이 비싸니까. 칼라 원판이 따로 있어요.

전라도 '하와이치'

서울 생활하면서 힘들었던 점은요?

남대문 '대성사진관' 있을 때네. 인자 그때 기사로 같이 한 서너 명 있었어. 있었는디. 인자 집에서 다 출퇴근할 때여. 그때, 그때 인자, 전철 타고 출퇴근 헌디 전철이 늦을 때도 있고 일찍 올 때도 있고 그러들 안혀? 내가 그때 돈암동에서 하숙을 했거든? 전철[에] 사람이 어찌나 많아 가지고~. 사람이 많아서 십 분 늦게 사진관에 도착을 했어. [원래는] 여덟시에 도착해야는디. 근디 이놈이(당시 시비를 걸었던 인천 출신 동료사진사) 허는 얘기가. 그 전부터 전라도 사람들은 그 당시 말로 경상도는 '문딩이' 전라도는 '하와이치' 라고 했거든? [사람들이 그렇게 놀려도] 내가 웃음으로 다 받아들이고 했는디. 그 당시에는(그날 따라) [내가] 늦게 왔다고 "하와이치라고 늦게 온다" 고 아 이런 얘기를 하더라고. 그때는 확 올라오드만. "야, 넌 어디 치냐? 어디 치냐? 난 하와이치지만 넌 어디 치냐?" 하면서 옆에 있는 쇠로 된 의자로 양 나도 모르게 [나를 놀리는 동료 사진사를] 때려 버렸어. 하도 승질(성질) 나가지고. 피가 막 나도만. 그 옆에 있는 기사가 바로 양 [병원에 데리고 갔어]. 세브란스 병원이 역전 앞에 있었어. 서울역전 앞에. 그리(거기로) 데리고 [가서] 입원시키고. 나는 남대문 파출소[에] 갔어. 그 앞에 있거든. 바로 가서 자수를 해버렸어. 소장이 전라도 군산(群山) 사람이더라고. [남대문 파출소로] 온 지가 한 달밖에 안 되었는디. '너 어디 사냐?' [고 파출소장이 물었어] '신태인 산다' 않고 '정읍 산다' 했어. '뭐시게 그러냐 고 [소장이 다시 물었어]. "아~ 이놈이 하와이치가 한두 번 얘기지 우리가 듣기가 좋냐?"

고. "그래서 나도 모르게 때려 버렸다"고. [그랬더니 그 소장이] "그래요?" [하고 말했어]. 자기도 동정이 가는게벼. 한참을 생각했다가 순경들 다 나간 뒤에, 소장실로 들어오라고 하드만. "어이, 나도 군산 사람이네." 그제서야. "빨리 한 석 달 간 피하라"고. '글않으면(그러지 않으면) 구속감'이라고. "몇 달 썩는다"고[그 파출소장이 그랬어]. 그 말 듣고 왕십리로 도망가 버렸지. 소장님은 용돈까지 주고 차비까지 주드만? 그 양반이? 같이 인자 가서 설렁탕 인자 그 앞에 설렁탕 먹고, 빨리 가라고. 돈 한푼도 없을 때거든. 그놈(소장이 준 돈) 갖고 옷은 갖고 가지도 않고, 옷은 너그들 입을라면 입고 말라면 말고 [하면서 두고 도망갔지].

짐도 안 챙기고요?
그때 당황할 땐디 뭐.

돈암동 집에는 안 가시고요?
거기도 다시 왔다갔다 연락을 했지. 그래 가지고. 한 석 달 간 거기서 (왕십리에서) 살아 가지고 저 쪽 변두리로 돌아댕겼지.

석 달 동안은 어디 가서 숨어 계셨어요?
아는 집 가서. 서울은 어디가 있는지를 몰라. 근게 쪼그만 사진관 가서 "일 좀 헙시다"하고 [말했지]. 일헌게 잘하거든? 내가. 그래서 밥만 얻어먹고 있었지. 거기가 신촌, 이대앞에. 사진관 이름은…. 그때 '신촌사진관'이라고.

'신촌사진관'에서는 석 달만 일을 하신 거예요? 어떻게 '대성사진

관'으로 다시 돌아가셨어요?

그 뒤에 다시 그 사람을 만났지. [나를] 때린 사람. 내가 손을 잡으면서 "미안하네. 그 당시는 그럴 수밖에 없네. 아, 같은 민족끼리 하와이가 뭐고 경상도가 뭐냐"고. 그때 전라도 사람이라면 인정을 못 받았어요. 양 자꾸 그짓말 잘하고 도둑질 잘한다고 하와이치라고 했거든. 그서 인정을 못 받았어요. 그래서 '내가 미안하다. 죽을 죄를 지었다" 웃으면서 그랬더니 그 사람도 "내가 미안하네" [하면서] 화해해 버렸지.

왜 석 달 만에 돌아오셨어요?

사진계라 가뜰(동료 사진사들) 돌아다닌게. 다 기사들은 어느 기사 어느 집에 있단 것을 대개 알고 있거든 다. [내가 때렸던 그 사진사에게] 연락해 가지고 내가 만나자고 했지. 내가 사과를 할라고.

다시 '대성사진관'으로 돌아가신 거예요?
그렇지.

그후로는 서로 잘 지내셨어요?
[그 이후에는 나에게] 절대 '하와이치'라고 말 안혀.

그 사람이 고소를 왜 안 했대요?

할라고 했는디 자기가 엄청 잘못 했거든? 그런게 뭐. 그때 경찰관들이 전라도 사람 별로 없었지. 서울에는. 전라도 군산 사람을 만나서 내가 살았지. 글않으면 바로 영창감이요.

도망을 신촌으로 가신 이유는요?

그때 [아는] 선배가 '신촌사진관' 했었어. 사진관 선배가. 내가 그 형님을 꽝장히 존경하고 있었는디, 사정은 다 알고. 내가 또 일을 허면 잡았다 하면 착실하게 잘해 주고. 그랬으니까.

다시 고향으로 오신 뒤에 서울에서 지낸 분들하고 연락은 하셨어요?
연락은 않고 지방 애들 서울로 오면 가들한테는 자주 연락하고 거시기 했지.

지금 사용하시는 성함이…. 작명을 새로 하신 거지요?[24]
예예. 서울서, 서울서 그 [도시] 선생한티. 거시기 돈이, 돈이 있으면, 돈만 생기면은 바로 버려. 지출이여. 그[래서] 친구들한테 얘길 했지. "야, 나 돈이 생기면은 자꾸 지출을 하는디 어떻게 해야 하냐?" 그런게 [친구들이] "니 이름이 나쁜가 보다"고 "이름을 [새로] 지어 보라" 그려. 그래서 스님한테 가서 종로[에 있는]. 그… 또 그 양반이 유명했어. [그 스님이] "자네 돈 벌 날이 없네. 돈이 없다고." [그랬어]. [갔더니] 첫 마디가 그거드만. "그러면 어떻게 해야 쓰겠소?" 긍게 "이름을 한 번 바꾸소." 그러드만. "그려, 그럼 바꿔 주소." 그래 가지고 거기서 인자 개명을 했지.

얼마를 줬어요?
그때 돈…. 돈 많이 줬어. 그때가 피엑스, 피엑스 있을 때여. 말하자면. 그때가…? 하이튼 돈 달라는 대로 다 줬어. 깎지도 않고.

원래 '영(永)'자, '시(時)'자를 쓰셨는데, 그 이름은 누가 지어 주신 거예요?
[윤영시라는 이름은 원래] 아버지가 지었지.

그 도사가 꽃 '영(榮)', 나라 '국(國)'으로 바꾸면 돈이 잘 안 나간다고 그랬던 거예요?

안 나간다고. 예.

그 뒤 진짜로 안 나갔어요?

진짜 조금씩 조금씩 덜 나가드라구.

4. 사진과 도시성을 소비하던 사람들

북적북적하던 신태인

신태인이 예전에는 번화했다고 하던데?

신태인이 옛날에는 컸었지, 지금은 면(面)보다 못해요. 여그가 장(場)이 컸었지. 술 먹으러 올라믄 서울사람들이 술 먹으로 오자믄 '신태인 가서 먹자' 근당게. 기생들도 많고 그랬었어요.

신태인에서는 영업을 언제 시작하셨는지는 혹시 기억하세요?

거 결혼허고 나서 서른여덟인가 아마 그때 되아서 했을 것이여. 거 와 가지고 '파리사진관'이라고 인자 [내가 개업을 했지]. 그 전에는 '연미사진관'이었어 [사장은] '홍성진' 씨라고. 그 사람이 '연미사진관'이라고 했다고. 내가 가 가지고 '파리사진관'이라고 간판을 갈아 꼈어 (1972년).

그 당시 신태인에 사진관이 몇 개나 있었어요?

'서울사진관' 있고. 응 '태양사진관' '중앙예식장' 예식장도 허고 사진관도 허고. '연미사진관' 허던 사람이 여그서 '태양사진관'에서 배와 가지고 여그다 개업했었거던. 인자 그 뒤에 인자 '제일예식장'이 생기고, '현대예식장'이 생기고. 그때는 사람이 많았어요.

김영채[25] : 여기 건물(파리사진관이 있던 건물) 주인이 '연미사진관' 주인이었는데 그 사진관을 팔게 되니까 [윤영국 씨가] 파리사진관을 허신 거요. [당시 사진관이] '파리사진관' 허고, '스타사진관' '명광사진관'. 명광사진관이 즈그 매형이 사진관을 했어. 그 처남이 기술을 배와 가지고 매형이 놓고 가니까 돈을 벌어서. 그때만 해도 필름들 팔고, 그

놈 가져가서 필름들 인화허고. 그런디 그것을 인자 칼라 현상 기계를 도입해 가지고 지금은 현상소가 되어버렸지. 또 제일사진관이라고 있어. 그리고 이개락 씨가 했던 현대사진관. 그런게 사진관이 많았어. 결혼도 많고, 회갑 출사. 그때는 회갑 잔치들을 많이 했잖아. 회갑 잔치들을 하면 생선점도 벌어, 방앗간도 벌어. 주단포목도 다 한복들 맞추어 입고 그러는데. 그런데 그런 걸 안 하니까 [지금은 장사가 안 되지]. 그때만 해도 시장이 다 활성화가 되었었어요. 생선점, 채소점, 육류점, 포목점 다 죽고. 지금은 회갑 자체를 안 해요. 칠순이라도 하는 사람도 있고, 안 하는 사람도 있고. 자식들이 도시권에 가서 식사나 하고 그러고 마니까. 그만큼 잔치 이런 게 없어졌으니까.

신태인이 언제 가장 번창했나요?

내가 한 서른두 살 먹었을 땐가 네 살 먹었을 땐가 번창했을 것이요. 그때 신태인 장 오른 사람 댕기들 못했어. 장에 오일장인디 사람이 댕기들 못했어 어째 사람이 걸려 가지고. 장날에는 인제 고부(古阜), 신창²⁶⁾, 쌍치(雙置)에서 많이들 오고 양 장보고 갔거든. 별간 데서 다 왔었어. 그때. 사람이 많았지. 사진 찍으로 촌에서 아가씨들 많이 오고. [신태인 인구가] 인자는 [그 당시] 반도 안 돼. 인자.

사진관 운영은 혼자 하신 거예요?

예. 혼자 했어요. 밥 믹이 주고(먹여주고). 그때는 밥을 믹이 줘야 하고 월급도 또 용돈도 줘야 하고 그렇게 그 인자 집주인 동생이 고등학교 졸업허고 일을 배운다고 한참 있었지. 영환이라고 가가 인제 조금 배워 가지고 서울로 갔어요. 그때(신태인이 가장 번창했을 때) 일정에 일본놈들이 여그 와서 발전시켜 가지고 그때 한참 거시기(발전) 했지. 그래 가지고 원래는 용북리(龍北里) 용북리라고. 화호(禾湖). 거가 용북리라고 원래 있었거던. 일본놈들이 여그 와가지고 여그다 신태인을 짓고. 철로로 태인으로 철로로 간 놈을 요리(여기로) 돌려 버렸어. 신태인으로 철도를. 태인은 원래 철로 오기를 싫어했어요. 태인 사람들이. 그때 뭐시 양 안 좋다고 뭐 뭐인가 향교가 있어 가지고.

여기가 예전에는 엄청난 부자동네였군요?

굉장했지. 술집도 많고 술 먹을라믄 저 서울 사람들이 요리 온다 그랬어. 술 때문에 온다 그랬잖아. 기생들이 많은게. 식당도 유명했어요. 여기. 근데 내장산이 한참 인자 거시가 관광지가 되고 그때부터 신태인이 거시기 해갖고. '정읍군 신태인읍'이었는디 누가 그때 뭐 어떤 놈이 그렇게 해가지고 합쳐 합치 가지고. 뭐라 글드라? 거 정읍. 통합해 가지고 정읍시 해 가지고 '정읍시 신태인읍'으로 되아 버렸지. 근게 술집도 많고 양 아이고 양 굉장히 있을 때는 여 명당이라고. 가찌도기 [27]. 어그 여 기생들 장구치고. 여그가 있었거든 인제 그것도 없어지고. 그러고 아주 기생들 장구치고 술 먹으러 가고. 가찌 이게 일본말이여, 이게. 이후로 서울 사람들이, 전주 사람들이 술 먹으러 여기까지 왔었거던. 저녁 [에] 와 가지고 저녁 술 먹고 아침 (에) 가고 그랬어. 그때 유명했었거든. 그때 쇼 같은 거 극장 같은 거 들올라믄 뭐 정읍 전주만한 거. 저 정읍이 먼저, 신태인 먼저 거쳐서 갔었어. 쇼 그때. 정읍으로 전주 허고 신태인을 거쳐서. 하여튼 뭔 영화든지 쇼 극단이던 뭐 창극 같은 거 많이 했었죠. 그때.

김영채 : 일제 말엽에 저희 할아버님이 이 전주 이쪽 뭐 호남 이쪽에서
는 유명한 지금 말하면 그 기희(妓戲)들, 기생들이라고 하는. 그런 분들
이 열 몇 명을 고용을 허고 '식도락(食道樂)'이라는 큰 음식점을 요릿
집을 했어요. 제가 어려서 모르지만은 그렇게 말을 했어요. 근디 제가 세
살 먹었을 적의 기억이지만 세 살 네 살 때 그 기생 고모들이 나를 안고 예
뻐하고 그런 기억이 나요. 그것이 자리가 어디냐면 지금 신용협동조합
건물이 서 있는 그 자리가 식도락이라고 허는 큰 요릿집이었어요. [기희
들이] 거문고도 치고, 가야금도 타고 춤도 추고 소리도 하고. 그런 파트별
로 해서 제가 알기로는 열두서너 분을 고용했다고 하더라고. 그렇게 전
주 쪽에서고 뭐고 할 것 없이 한량들이 전부 신태인에 와서 놀고 갔다고
그래요. 하여튼 번화했어요. 우시장이 한 참 잘 돼 가지고 신태인 상업권
이 좋았지요. 그런데 우시장이 철폐돼서. 우시장 없어진 지가 한 삼십 년
될 거예요. 넓은 운동장 같은 데다가 축협 사무실이 조합을 해가지고 사
무실을 하나 지어 놓고 장날이면은 축협 직원들이 관계를 해서 우시장이
형성되고 그랬지요. 저 쪽에 인교동이라고 허는데, 신시동하고 인교동
중간에 지금도 [그 터가] 넓게 있어요. 땅 소재지는 [아마] 거기가 인교동
으로 들어갈 것이여. 지형을 동으로 나눈다면 [아마 그때 우시장이 있던
자리는] 인교동으로 분류가 될 것 같아요. 우시장은 우리 어려서지만 해
방 이후에 그렇게 생긴 것 같아요. 일정 때는 없었고, 해방 이후에.

박양순[28] : 아버지가 어렸을 때 소를 순창장에서 사가지고 신태인 우시
장으로 오셨어. 몇 마리를 사 가지고 사람을 시켜서 끈을 몇 개씩 잡고.

김영채 : [신태인이 경제적으로 급격히 쇠퇴한 이유는] 우시장도 물론

연관이 있지만 그 이후로 시군 통폐합을 전부다 억지로 강행해 버려 가지고, 그때 정읍으로 다 통합되면서부터 여기 뭐 사람들이 군단위 행사가 다 없어져 버리고, 시단위로 가서 해버리니까. 여기서 군단위 행사만 할 때도 사람들이 쏟아져 나와서 버글버글했는데, 지금은 다 정읍으로 가버리니까 여기 행사가 없어. 아무것도 행사가 없어. 그리고 시내버스 다니니까 사람들이 다 정읍으로 나가 버리지. 시내버스 생기기 전에 감곡(甘谷), 칠보(七寶), 산내(山內), 이평(梨坪) 할 것 없이 이 근방에서는 다 신태인에서 장을 봤어요. 근데 시내버스 개통된 이후에 다 그것으로 인해 정읍으로 빠져나가 버려. 신태인이 죽은 원인이, 우시장이 폐쇄된 것도 큰 원인중 하나이지만 시내버스 허고 시군 통폐합으로 다 이렇게 뺏겨 버린 거. 그래서 다 고사상태여. 우시장은 정책적으로 [없어진 것 같아]. 난 잘 모르지 인자.

박양순 : 그 전에는 돼지새끼도 낳으면 인자 가져와서 팔고, 닭도 거기다 팔고, 개도 팔고. 그랬는디 이제는 뭐 [못하지]. 막 돈사(豚舍), 우사(牛舍) 만들어 가지고 혼자 막 그렇게 해버린게 우시장이 없어져 버리지.

김영채 : 신태인에 인구가 최고로 많을 때는 이만오천에서 칠천 이런 인구가 있었는데 그것은 상주인구고 유동인구를 합하면은 이삼만씩은 생기죠. 근데 그런 것이 없어져 버리니까. 신태인초등학교가요, 북초등학교, 신태인남초등학교, 중앙초등학교, 화호초등학교. 신태인 읍내에가 네 개가 있어요. 그런데 그때 우리가 신태인남초등학교를 우리 아들 손자까지 다 다녔지만은 내가 그 학교 나올 때만 해도 학생 수가 이천 몇백 명이었어요. 한 학교에. 그렇게 컸어요. 그랬는디 지금은 네 개 학교

다 합쳐도 오백 명이 안 되아. 학생 수가 없어요. 그나마도 학생 하나 데려올라면 선생님들이 가서 사정사정을 하고. 칠십년대만 해도 이 길에 상점들이 비는 자리가 없었어요. 누가 전세, 사글세나 뭣이나 끝나서 계약이 끝나서 나간다 하면 미리서 계약하고 있다가 들어와 버리고. 여기 장소가 빈 데가 없었어. 문 닫은 데가 하나도 없었어.

시골 사람들의 사진관 나들이

김영채 : 그때가 [천구백]칠십이년도인데, 우리 집에서 이 양반이 육 년 동안 하다 갔으니까. 사월부터 해가지고, 우리가 사월 오일 이사 왔는데, 그때 우리랑 같이 시작을 했었어요. 그러니까 사월에 파리사진관이 개업을 했지. 여기 일층에서는 내 여동생이 '테레사' 라고 미용실을 했어요. 나는 역전에서 양복점을 운영했고. 거기서 내가 몇 년 간 돈을 좀 벌어서 이 건물 산 거 마무리를 잘 지었지. 그때 윤영국 씨가 세를 살았지.

월세가 얼마였는가는 기억하시나요?

김영채 : 그때 월세가…. 월세가 아니라 그냥 이백만원인가 백오십만원인가 그런 돈으로 전세처럼 살은 거여. 육 년 동안. 그놈 돈을 숨겨 놓고 사는 거니까. 사진관을 그만두고 나중에는 내가 그 돈을 내준 것이지. 그때는 이율이 있으니까. 그때 당시에 땅을 백서른두 평을 샀었거든. 그때 당시에 쌀 백 열 가마를 주고 샀어요. 땅, 집까지.

직접 사진관 운영을 하시던 당시에는 어떤 손님들이 오던가요?

그때 첨에 전에 허던 사람이(연미사진관 주인) 사진을 엉망진창[으로] 찍어 가지고 인심을 잃었어요. 그놈을 그래서 인자 '파리사진관' 으로

[인수를] 받아 가지고. 손님을 잡아야 할 것 아니요? 잡을라믄 왕신[여자]고등학교(旺信女子高等學校) 학생들을 잡아야 한단 말이여? 학생들을 잡아야 혀. 잡을라믄 인자. 그때 할인권이라고 있었지. 사진관 말하믄 할인권잉. 그놈을 인자 뿌려 버렸어. 학교에다 양 전부다. 그래 가지고 찍으로 오믄 인자 하나하나 정성들여서 서울식으로 잘해 준게 그때사 이름 나고[유명해지고].

서울식이라는 것은 뭐예요?

뭐를 정성들여서 잘해 준게 '어~ 어~' 그려. 인제 [고객] 하나가 그냥 "사진 기가맥히다." 그 소문이 나가지고 그때부터 인자 손님 끌기 시작하는 거지.

여고생들이 친구랑 같이 찍으면서 사진에 장식하는 거 있잖아요. 시 같은 것도 써 있고?

그 그럼요. 그것도 많이 넣어 주고 찍고 별짓 다했어.

그런 디자인은 어떻게 하신 거예요?

그때 인제 디자인 같은 거 별지랄 다했지 하여튼. 거 인제 뭐 거울 같은 거 글씨 넣어 주고 사 가지고 인자. 아이디어 연구를 많이 했지. 그때 먹고 살라고 양.

신태인의 다른 사진관에서는 그렇게 안 해줬나요?

그때는 그것을 몰랐지. 근게 그때 사진관들 나보고 그 막 "신태인 뭣허로 왔냐?" 하고 막 개지랄 다했지. 공갈 막 때리고 양. "신태인에서 서울로 가거라 이제." [파리사진관에] 모여드니까 손님들 다 뺏으니까.

그래서 인자 촌에서 인자 장날이믄 아가씨들이 와서 떼로 와서 사진 찍고. 학생들이 가서 선전 헌게. 독사진 같은 거 즈그들 기념으로 인자. 또 가족사진 같은 거 약혼식 같은 거. 그래도 약혼식 한참 저 일어났지. 각자 약혼식 서로 찍을라믄 서로 박지 약혼 허믄.

사진관에 특수의상 같은 소품이 있었나요?
음. 유치원복 같은 거? 그런 거 해다 놓고 있었지. 서울서 파는 재래상에 있어. 아, 배우옷은 다 있으니까 왕자복도 있고 뭐 있고 별거 다 있으니까. 서울서도 거 재래상에서 거 받어먹을라고 별 연구들 다 허고. 배경도 쎄뜨(set) 장식 쎄뜨 장식 해가지고. 배 타고 가는 장면도 있고 하여튼 오리발 타는 장면도 있고. 쎄뜨 장식을 해서. 비행기 장식도 있고. 그 인자 서울서 팔어요. '서울 배경' 그런 데서. 그 사람들도 막 인자 [신태인으로] 가져오고 그랬지. 일요일이믄 [배경을 사러 서울에] 가요. 인제는 디지털로 디지털로 많이 찍고 그런게 [이런 거 없어졌지].

김영채 씨 사진 보니까 파리사진관 배경이 있던 걸요? 이분이 보여줬던 사진들 중 파리사진관에서 찍은 사진이 어떤 건지 금방 알겠던데요? 지금도 색깔이 안 바래 있고 선명한 것이…?
그때 참 [사진 뽑을 때] 있는 힘, 없는 힘 정성들여서 했으니까.

김영채 씨는 친하니까 더 신경 써서 잘 뽑아 주신 거 아니에요?
[웃으면서] 다 똑같허죠.

사진관에 찾아오는 손님들하고의 관계는 어땠어요?
친절허게 잘해 주고. 사진이, 사진이란 것은 십 년 이상 백 프로 잘 나온다는 보장은 없거든? 혹시 뭐 맘에 안 들면 다시 찍어 주고 그랬지.

특별히 친하게 지내던 손님도 있어요?
있지. 단골손님이라고.

어떤 사람들이었어요?
인자 연령이 비슷한 사람들. 연령이, 나하고 연령이 비슷한 사람들. 그땐 많이 만났지. 그러니까 인자 자기 주객(주요고객)은, 인자 객지 나가서 [사진사 일]하면 외롭고 그런게 서로가 인자 친구로 삼아 가지고 놀러 댕긴 때도 있고. 인자 여기(신태인) 학교를. 내가 학교를 여기서 나왔응

윤영국이 처음이자 마지막으로
운영하였던 파리사진관의 현재
모습이다. 2층이 사진관이었고, 1층은
김영채 씨의 식당이었다.
파리사진관은 1972년부터 1980년까지
영업하였다.(2006, 연구자 촬영)

게, 국민핵교 동창, 동창들이 와가지고 인자, 협조를 많이 했지. 동창 중에서는 학교 선생도 있고 그런게 인자 선생들이 소문내 가지고 졸업사진도 어떻게 해주고 그랬지 인자, 여그(신태인) 와가지고.

사진을 찍으러 여자들이 더 많이 왔어요? 남자들이 더 많이 왔어요?
그 당시에는 인제 아가씨가 많았지.

파리사진관할 때요?
어, 근디 가들(아가씨들)…. 이 시골에는 오일장이라고 있었거든? 장날에는 막 들어와요. 사진 찍으러. 가들 막 장날마다 사진 찍으러 온다. 마음먹고 오는 것이 아니라 그 장날 장 구경 간다는 그 핑계대고 사진 찍으러 와버려. 집에다 부모한테 '사진 찍으로 간다'고 하면 혼나니까.

왜 혼났어요?
혼나지. 왜 사진 같은 거 찍냐고. 그때 촌 아가씨들 많았어요. 지금이니까 거시기 허지. 총각들도 찍었어. 인자 그때는 약혼사진이라느니 그런 것이 많았지. 지금은 없지만. 그때 약혼사진이라고, 하이간 한 달에만 [촬영이] 열 건(件)씩 걸렸지. 열 건.

사람들이 무슨 사진을 제일 많이 찍던가요?
독사진. 인물사진 독사진 같은 거. 인제 친구들이 둘이서 오면 둘이 찍고 독사진도 찍고 그러거든, 한 명씩은. 가족사진은 인자 명절날. [요즘에는] 아무 때나 찍더만, 근데 그때는 사람이 다 뫼야 거든. 명절날은. 못 나오게 생겼으면 출장도 가서 찍어 주고. 아니면 사진관에 와서 찍고.

사진 크기는?

명함판. 명함, 명함 있지요? 그걸로 많이들 찍었지. 명함판이 요 정도지. 사람 명함 있잖아요. 오 센치(cm). 칠 센친가 될 걸? 오 센치. '오찰' 이니까. 오 센치, 칠 센치가 될 것이여. [그것을] 많이 찍었지. 인자 '에잇 바이 텐(8×10)' 그런 것을 많이 찍었는디. 십 곱하기, '팔 곱하기 십' '팔 곱하기 십' 이라고. 그거, 영정사진 한다고 그걸로도 많이 찍었지. '팔 각끼(곱하기) 십' . 그렇게 배웠어. '팔 각끼 십' . 글 않으면 저 '이십에 이십사(20×24)' 이렇게 배왔는디(배웠는데), 인치(inch)로는 얼만지 잘 몰라. 가족사진은 인자 '오 각끼 칠(5×7)' 이라고. 반절만한 거, 그땐 인제 반절만한 거를 찍었어. '오찰' 사이즈. 보통 인자 명함판으로 많이 찍어 갔지. 큰 사진도 찍을 사람은 인자 찍지만, 그래 가지고 잘 되면 크게 확대할 수도 있고.

왜 독사진을 조그맣게 뽑아갔어요?

보고 잘 나왔으면 크게 확대할라고. 보통 작은 놈이 갖고 다니기 좋지.

명함판 사진을 보면 나뭇잎이나 네 잎 크로버 같은 그림으로 장식을 하잖아요. 그런 것은 어떻게 하는 거예요?

그건 검은 종이에다가 잎사귀 같은 거 그려서 파. 우리가(사진사가) 인제 그리지. 적당히 해서. 나무, 나뭇잎 같은 거는 인자 적당히 파가지고 여그다 인자 인화할 때, 암실서 인화할 때. 나뭇잎이 프린트 하면 요것이 나뭇잎 같이 싹 속으로 들어가서 사진에는 얼굴만 놓고, 나머지 딴 데는 다 가려 있고.

글씨는 뭘로 쓰셨어요?

먹. 다 허기 마련이여. 다.

글귀는 어디서 보고 쓰신 거지요?

그거는 인자 그 사람들이 넣어 달라는 대로 넣어 주지. 우리가 인자 넣는 것이 아니라. '그' 옛날 추억 같은 것들, 글씨를 많이 넣지. '삼형제' 이렇게도 넣고. '우리는 삼형제다' 이런 글씨도 넣고.

사진관 배경그림, 그러니까 스튜디오 '세트' 같은 것은 어떻게 마련하셨어요?

배경은 인자, 독사진 같은 건 무지(無紙). 무지로. 무지 주로 많이 쓰지 그것을. [세트는]사람 홀리는 것이지 인자, 장치 해놓고. 차를 타고 찍는 거 같은 거 같이, 그런 세트 장치를 그 전에 많이 해놨지. 한참 유행이었지. 그것이. '파리사진관' 할 때 그 세트 장치 같은 건 많이 해놨지. 자동차 세트장치 같은 거, 계단 올라가는 세트 같은 거. [또] 밤에 야자나무. 달이 뜨는 거, 그것도 많이 하고. 그런 거 그런 것이여. 그것이 오래돼서, 한 이 년 있다가 갈아 버렸어. 또 새 걸로 바로.

어떤 배경이 제일 인기가 많았어요?

다 비슷비슷 혀. 사람 마음이 다 비슷비슷한디. 다 거시기 해 가지고. 비행기 같은 거 [인기가]있었고.

그런 배경그림은 어디에서 가져오신 거예요?

어, '원배경' 이라고. 서울. 배경이 그림 상(商)에 많지, 서울에는. 근디 그 '원배경' 이 제일 낫어. 지방에는 없었어. ['원배경' 에서 가져

온] 배경이 사진 찍으면 잘 나와.

언제부터 '원배경'을 아셨는데요? 서울에 근무하실 때부터?
그렇지. 거기서 알았지.

세트 장치는 언제부터 인기가 떨어졌나요?
어, 인기가 떨어질 때는…. 한 오 년간 반짝하고 인기가 떨어졌지.

배경그림은 칼라였어요?
칼라지. [사진이어도] 흑백도 잘나오고 좋아요. 그 배경이 칼라로 뜨긴
했어도, 흑백으로 찍어도 잘 나와, 좋아.

쇼윈도에 전시해 놓았던 사진은 어떤 건가요?
인제 그거는 인제 사진이…. 지나가다 '여기는 사진관이다' 표시지,
표시. 본인한테 허가를 얻어 갖고 사진을 걸어야지. 인자 노인들, 노인들
찍은 거, 가족사진 같은 거. 젊은 아가씨들 찍은 게[를 주로 전시했지]. 자
기가 '잘 나왔다' 허면 대게 손님들은 다 인정하거든? 그런 사진 인자
본인한테 허가를 얻어 갖고, 걸어 놨지. 사진 찾아갈 때 "사진 하나 걸어
놔도 좋냐?" [고물어봐서] 좋다면 인제 그때 해서 걸고, "걸지 마라."
하면 안 걸고.

"걸지 마라"고 한 사람도 있었어요?
있지. 아가씨들은. 챙피하니까.

김영채 : [사진관] 아래 한 쪽에 가서 쪼그만하게 그만큼 윈도우, 진열
장을 하나 [윤영국 씨가] 맨들어 놨는데. 계단 입구에 진열장을 만들어 놓

아서 [사진을] 걸어 놨었지요. 우리 딸이 아주 멋쟁이로 [당시에 우리 딸 사진을 걸어 놓았지요]. 이 양반이 [우리 딸이] 예쁘니까 자꾸 찍어 준 것이여. 아 그놈 사진 팔으라고 사방 사진관에서 양. 그 모델, 우리 딸내미 사진을 그놈을 팔라고, 자기 사진관에다 걸라니까 팔라고. 그런데 [윤영국 씨가] 절대 안 주고. 절대 안 줬어. 사진관 이 양반이 전주에 사진사 친구가 많고 하니까 [신태인에 와서 우리 딸 사진을 보고 달라고 했거든]. 그때만 해도 이 양반이 사진을 서울서 배워 가지고 와 가지고 체계적으로 잘하셨어. 그때는 흑백사진에다가 칼라 페인트로 해 가지고 자기가 색채를 만들어서 칼라화한 거여.

전시된 사진들을 지나가다가 보고 들어오는 사람이 많이 있었어요?

그렇지. 인자 "아, 여기가 사진관이다" 하고 들어와. 굉장히 크지, 효과가. 인제 서울에는 배우들 사진 찍어 놓고 딱 걸어 놓잖아. 배우들, 가수들. [그 사람들이] 거그(사진관) 가(가서) 찍은 거지. 남의 사진관에서 찍어다가 걸어 놓으면, 그렇게 했다는 큰일나요.

왜 여성사진사는 없고, 남자가 많았어요? 예전에는?

그때는 저 여자들이 안 배웠지. 모르지. 어려워서 힘들지. 어려워서 안 배우지. 지금은 많은데. 지금은 학교도 있잖아. 중앙대학교 사진학과. 거 또 뭔 또 무슨 대학교 사진학과 다 있잖아요. 그 인제 그 학과 나온 사람들은 기가 막히지. 이론적으로는. 인제 실기를 직접 해보면은 틀려. 그때는, 예전에는 여자가 사진사 한다면 인기가 많았지. '여자들은 배우지 않을 것이다' 생각하고, 예전에 그랬었지. [사진사는] 여자가 될 직업이 아니다 그거여.

파리사진관 쇼윈도에 전시되었던 사진이다. 김영채 씨의
딸로 사진이 너무 예쁘게 나와서 동네 사람들의 부러움을
샀다고 한다.

왜 사진사는 남자의 직업이라고 생각했을까요?

긍게 모르지, 그때 여자들…. 여자들 [사진사 일]하는 사람은 달리 보이지. 사람들이. [근데] 없었지. 없었웅게 그러지. 만약에 여자가 사진사였다면 인기지 인기. 긍게 결혼허고 마누라를 갈치잖어(가르치잖아). 인자 여자(아내)가 인자 암실 같은 거? 밖에 못 나오고, 암실 같은 거(암실에서 하는 일) 그런 것만 가르치죠. [그런데] 나는 [부인에게] 안 갈쳤어. 내가 하는 것도 지겨운디 그걸 또 가르치겠어? 인자 사진…. 그땐 흑백을 사진을 빼 가지고 누굴 시켜야 하거든. 인자 그럼 할 수 있지. 자식도 저 아들 하나 있는 거 중앙대학교 사진학과 간다는디 내가 못 가게 혔어. 내가 사진 해본게 앞으로는 사진이 별거 없으다는 생각이 나더라고. 지금 사진 별거 없잖어. 전부 칼라 나와 가지고 디지탈이 나와 가지고.

계속되는 사진기술 연마

사진에 관련된 기술은 계속해서 따로 배우신 거예요?

아니. 그냥 개인적으로. 인자 사진기술을 배웠으니까 내가 이것을 성공해야(하고야) 말겠다' 그런 마음을 가지고 배워야지 그렇지 않으면, 중간치기로 하면 배우지 말아야 돼. 인제 [내가] 기술로서는 성공했지. 수정을 해고 인자 암실에서 약 조정(조절)한 거? 암실에서, 약 조화를 잘 시켜야 하거든. 그때는 흑백 시대라 약을 타 가지고 사진도 사진 안 나온 것도 만들었고 양, 그런 약을 많이 조화시켜야 하거든? 그렇게 해가지고, 그 연구를 많이 했지. 인자 약이…[너는] 말하면 모를 것이여. 다섯 가지가 있는디. 약이 다섯 가지가 있어. 한 가지는 인제 '메도루'[29]라고 해서. 한 봉지에 해가지고(들어 있어서) 타서 하는 거 있어. [사진 재료

상(商)에서 팔어. 그것을 할려면, 그런 것을 할려면, '내가 사진을 쓸 만하게 손질해야 겠다." 하면, 그 다섯 가지 약을 조화시켜서. 인자, 뭣을 많이 넣으면 뭣이 나오고 뭣을 많이 넣으면 몇 개 나오고, 색조가 뭐가 나오면 색깔이 그런다, 이런 조화를 시켜서 해야 거든. 그런 약을 연구를 많이 했지. [그 약들은] 그람(gram)으로 쪼께씩 해서 팔어.

사진 속 인물은 김영채 씨의 부인인 박양순 씨인데 "하여튼 이 근방에서 사진 제일 잘 찍는 양반"이라며 윤영국의 '능력'을 높이 평가했다. 그녀는 면담 내내 윤영국 사진사가 "평범한 자신의 얼굴을 '곱게' 찍어 줘서 정말 좋았다"고 하였다.

무슨 약들이 있었는지 기억하세요?
인자 그 인자 메도루… 그 인자 잊어버렸네. 오래 되어서. [그 중 하나는] 메도루고. 저기 한 번 다 적어 놓은 거 다 많이 있는디. 일하느라고 저기 댕기느라고(사진관 옮겨 다니면서) 다 없애버렸는디. 그때 책이, 그… 저 중앙대학교 교수가 [사진] 처방 낸 [방법을 쓴] 책이 있지. 근데 인제 그것도 누가 가져가서 도둑맞았어. 하이간 좋은 것은 다 도둑맞았으니까. 내가 사람을 믿고 살기 때문에 같은 후배들이 오면 이거 사진 봐라 [하고] 보여주면 다 잊어버리고.

그 책 제목은 뭐였어요?
약 처방책. 약 처방책이라고. 그 별 약을(이) 거기가 다 있거든. 사진이 흑백인게. 그때 그 연수 댕길 때 했을 거서(책을 받아왔을 거야).

어떤 연수에 갔을 땐지 기억을 하세요?

사진대학. 속리산으로 연수 갔어. [1970년대경으로 추정. 언제인지는 기억하지 못함]

서울에서 근무 하셨을 때 (1960년대)는 그런 책이 없었나요?

그때 인자 책이 나왔지만 우리 같은 놈은 구다보지도(쳐다보지도) 못했지. 인자 그때(속리산 연수 때) 사진대학 나와 가지고, 대학 교수가 와서 강연을 하면서 그 책을 전부 나눠 주었지. 근데 그 처방이, 거기가 책이(에) [사진 처방하는 방식이] 수백 가지가 있어. 수백 가지. 거기서 '병원에서 사람을 죽이고 살리는' 그 식이여. 아~ 거기서 사진을, 약을 사 가지고 '사진을 잘 내냐 못 내냐 그것이여.

'사진대학'은 얼마나 다니셨어요?

[연수하는 것처럼] 이박 삼일 인게.

전국적으로 하는 거였어요?

에~ 전부 인자 전국구로 했지. 저~기 여그서 이 전라북도에서는 다섯 명인가 갔어. 아니 여섯 명이 갔구나. 충청도, 전라남도, 제주도 뭐 이런 데서 와서. 한… 상당히 모였지 사람들이. 촬영하는 것도 인자 배우고, 하여튼 광선, 그 조명 같은 것도 배우고. 다 배워 거그서. 그런 강의를 혀.

지금도 당시 사진대학에서 봤던 책들 남아 있나요?

싹~ 없어졌어. 하이튼 이럴 줄 알았으면 내가 싹 어디다 감춰 놨지…

사진대학(연수 프로그램)에 다닐 때 모습이다. 연도는
정확히 기억나지 않는다고 했다.

…. [어쨌든] 그때는 수정이여. 얼굴 수정. 그것이 제일 중요한 것이지. 그리고 촬영. 그 다음에 인자, 그때는 흑백이라 필름을 사진 찍으면 현상을 해야거든? 현상을 해야 되는디 현상해서. 그… 하이간 하나 하나 따지면 다 중요해. 사진은 끝이 없어. 연구헐수록. 아무리 지가 사진[기술을 많이 알아서] 잘났다고 해도 자신을 못혀.

수정, 촬영 이런 기술은 언제 처음 배우신 거예요?
그거 헐 땐 인자, 대전 '삼광사진관'이라고. 거기서 배웠지(1953년).

신태인 '연미사진관'에서는 어떤 것을 배우셨지요?
인제 그때(1950년)는. 소일만 하고, 심부름만 했다 뿐이지. 그땐 안 갈쳐줘요. 절대 안 갈쳐줘요. 어깨 넘어로 보고 인제 갈쳐주지. 인제 [대전에서] 그때 인자 본격적으로 들어갔지. 그때는 이제, 배울라고.

서울에서 근무하셨을 때 사진기술과 관련된 책을 자주 보셨나요?
사진책이라곤 저 해태[출판사]에서 나온 책이 있는디, 그건 인자 촬영에 대해서 어찌는가(어떠한 식으로 하는가) [설명된 책이고], 그런 건 사진사들만 인자 보는 것이고, 그 한 달에 한 번씩 나왔어요, 책이. 저 [사진]협회에서 내놨지. 사진잡지. 그때는 흑백이라, 전부 다 흑백이라 신기술 같은 건 없고, 인자 자기가 수정이냐, 암실이냐 그것을 전공을 찾아서 들어가야 헌디, 우리는 직접… 저그 남의 집 들어갈려고 기사생활 들어갈려면, "뭣을(이) 전공이냐?" 이렇게 [주인이] 물어보거든? 근게 주인들은 벌써, 새 집(사진관)이나 헌집이나 들어가면 수정 먼저 시켜 버려. 이 사람 실력이 어느 정돈가. 그 수정을 보면은 어느 정도 사진관에 종사했는가 알아 버려 주인들은. 수정, 촬영, 암실[세 개로 나뉘어].

전공에 따라서 각자 일하는 파트가 다 달랐어요?

큰 데에서는. 분야가 틀리지. 인자 [직원이] 적은 사진관은, 사람 둘, 서넛 있었거든. 아무 데나 닥치는 대로. 촬영도 허고, 암실도 허고, 다 그런 거여. 지금은 [흑백사진] 수정이 없어졌잖어. 칼라가 나와 가지고. 지금은 기계로 양, 지금은 기술이 아주. 칼라가 아주.

사람들이 사진사라는 직업에 대해서 어떻게 생각을 했었나요?

그때는 '사진쟁이'라고 했지. 그때는 흑백 할 때, 흑백 할 때는 사진쟁이라고. "아이고 저 사진쟁이 사진 박으로 간다"고 이랬지. 촌사람들이 보면 그렇게 얘길 했지. 호칭은 그냥 사진사라고 하는데. 나가면 그 동네 사람들이 "사진쟁이 온다. 사진쟁이 온다." [그랬지]. 인자 여그 시골에서. 서울 같은 데야 암만해도 뭣이 높응게, "사진사다. 사진사." 그러지. [그런데 시골에서는] "사진쟁이 간다" [그랬어]. 사진 찍으면 "언제 빼냐?"고 이렇게 많이 놀림을 받았지.

"나도 사진사 하고 싶다" 이런 사람들은 없었어요?

이런 사람들은 있는디 "그 어떻게 배우냐?" 그러지. 배우고 안 배운 것은. 지금 배운 사람들이 그려. 그때만 해도 양 사진기술을 배울라고 하이튼, 많이 있었지. 그때 사진사, 판사, 의사, 사진사, 변호사 그래서 최고라고 했어요. 그 당시 일정 때부터. 긍게 이런 사람한테만 딸을 줄라고 환장했거든. 그래서 사진사들이 바람쟁이라고 했지.

그런 말이 있어요? 사진사들끼리? 사진사들이 바람쟁이라고?

예, 바람쟁이라고 그랬지. [애인이] 있는 사람도 있고 없는 사람도 없고. 드물지, 없는 사람이. 보통 그 촌 아가씨들 멋도 없이 그때 사진사라면 그냥 막 따라오고, 따라댕기고 그랬죠. 또 인자 남자라면 한 번 음흉한 마음이 있거든? 그럼 그때 막 따라서, 거시기 하면 차고, 이 여자 또 상대허고 그런 사람들이 많이 있었지, 주변에. 저그들이 그렇게 따른게. 돈 잘 벌고, 깨끗하고. 직업이 깨끗하니까. 희한한 것은 칼라[사진이] 나와 가지고 완전 변화가 되어 버렸지. 아, 인제 칼라 시대라고 칼라가 나와 가지고, 테레비도 그때 칼라로 나와 가지고 그랬잖아.

칼라사진이 언제부터 나왔나요?

근데 나도 그건 기억이 안 나네. 내가 이리(지금의 익산시) 에… '평화사진관' 에 있을 때(1971년) 그때 나왔는디. 그기서 고만두고 바로 여기서(신태인읍에서) 개업했으니까. 익산서는 인자 칼라가(를) 하나씩 찍었었지. 칼라는 그때 비싸서 못 찍었어, 웬만한 사람은. 칼라가 굉장히 비쌌거든. 그때가 칼라는 나왔었지만 [대부분은] 안 찍었어.

지금도 사진 많이 찍으세요?

[예식장에] 결혼만 있으믄 찍고 글 안허믄(그렇지 않으면) 없으믄 안 찍고. 그냥 지금은 결혼식날 사진사 젊은 사람이 들왔으니까. 지금 기술이 칼라라 저 사진학교(사진학과) 나온 사람 젊은 애들 다들 잘해요. 디지털 카메라 나와 가지고 우리보다 더 나서(나아). 우리는 흑백을 거시기 했지. 야들은 신시대라 칼라로 인자. 칼라는 햇빛 한 시간만 두면 싹 날라가 버려요. 칼라 어디 갔다 오믄, 햇빛 놔두믄 한 시간 후면 싹 날라가 버려. 흑백은 안 그래. 일본서는 지금 흑백으로 돌아간다 글드만, 흑백이 좋아요, 잘만 해놓으면.

5. 가족 이야기

아버지의 죽음과 뿔뿔이 흩어진 가족

아버지 돌아가시고 여동생들은 어디로 갔나요?

여동생은 어머니랑 같이 있다가 인자 결혼시켰지. 여기에서(신태인에서).

동생들이 다른 집으로 뿔뿔이 흩어졌지요?

그렇지. 다 헤어졌지.

그럼 언제 가족이 다 모이셨어요?

가족 모이는 것은 어렵지. 나는 그때 거시기 해 가지고(사진기술을 배워 가지고) 서울로 막 올라가 버렸으니까. 여기서 [사진을] 쫌 배우다가 바로 서울로 올라가 버렸지요. 그래 갖고 형님은 인자 방앗간도 별 소용 없고(일하다가 그만두고) 영원면(永元面) 처갓 동네로 들어가지. 정읍군 영원면이지. 결혼하고 바로 처갓집으로 들어갔지.

어머님은 쭉 어디 사셨어요?

어머님은 인자 여동생, 여동생이 양쟁[점] 하다가 저그 신랑이 초등학교 선생질 했어. '권오성'이라고 시방 그 사람이 죽었지. [죽은 지] 한 삼 년, 이 년 되네. 정읍초등학교 선생질 했어. 그래 갖고 그 남자 허고 결혼해 가지고, 지금 여동생 혼자 익산, 익산 살지. 라인 아파트라고 있지? 익산? 이집(지금 윤영국이 살고 있는 집)도 저그 건너 저 짝으로 있었거든? 이 바로 옆에? 공터? 여기 바로 옆에? 공터 있어 가지고. 근디 사진관 하면서도 한 해 비가 많이 왔어. 무진장. 길이 다 허물어져 버렸어. 그때가 [파리] 사진관 해 가지고 한 일 년 있다가 했을 것이여(1973년으로 추정). 일 년 있다가 오월에 여름에. 그 난리가 나버렸어요. 그때 벼락을 치고. 굉장히. 그때 나는 성당을 댕기는 바람에 기도를 했지. "성모님 살려달라"고. 나중에 그래 가지고 집만 어찌게 해 가지고(다행히 집이 무너지지는 않았고), 돈 쪼끔 있는 거 가지고 집을 조깨 [고쳐] 짓긴 졌지.

아버님에 대해서 좀 말씀해 주세요.

그때 어렸을 때라 '아버지는 금융조합만 댕겼다' [라는 것만 알] 뿐이지 나는 딴 것은 잘 몰라요. 그때(신태인으로 처음 왔을 때) 다섯 살 때인게 인자 거그(금융조합)만 댕긴다는…. 직장만 댕긴단 것만 알지. 딴 소식은 깜깜 무소식이요. 직장만 '거그 댕긴다' 알지. 내 그런 소리(인정이 많았다는 소리)만 들었어. 옆집 사람들 한티. 옆집에서 애기…. 어린 애만 낳았다 하면 우리는 먹을 것도 없어. 쌀 팔 것도 없고, 아무것도 없는디. 돈을 어디서 났는지. 쌀을 사다 주는 거야 [애 낳은 집에다가]. 그때는 일정시대라 참… 없는 사람이 많았어요, 한국에. 우리 조선 사람들이라. 밥도 굶는 사람도 많고. 그리서 그 당시에는. 인자 어린애가 배가 거시기하면(고프면) 안 되잖아. 긍게 [아버지가 애 낳은 집에] 갖다주고. 우리는 나중에 생각하는 것이여. 우리 집안 식구는. 그렇게 인정이 많은 사람인디 지금은 이렇게. 우리가…. [어머님 얘기로는] "아버지가 너무 인정이 많아서 우리가 못 산다" 그러대. 인자 어머니한테 얘기 들었지. 아버지는 저 [내] 아홉 살 때 돌아가셨어.

아버님 성함은요?

윤복동(尹福東). 익산에 금융조합이라고 있었어. 옛날에. 금융조합. 거기 근무하다가 신태인으로 발령나 왔지. 그때 신태인으로 왔지. 긍게 부안에서 어렸을 때 [태어났지]. 거그가 출생지지 거그가. 거그서 낳아 가지고 익산 가서⋯. [익산은] 인자 세 살 먹을 때 가 가지고 아버지가 직장이 거기니까 거기서 자랐지. 신태인으로는 다섯 살 때 아마 왔을 것이여.

신태인에 금융조합이 있었어요?

그 하나밖에 없었어. 은행이라고는. 그거 하나밖에 없었어 [아버지가] 총각 때부터 거기(익산 금융조합) 있었거든? 총각 때부터 금융조합에 있었거든. 인자 결혼해 가지고 거리(부안으로) 다 가족들을 데려갔지. 거기가 출생지니까. 큰집인게. 부안 백산. [아버지가] 신태인으로 인자 전근 왔지.

어머님 성함은요?

권, 오래된 게 그것도 잊어버렸어. '권소순'이?

어머님은 언제 돌아가셨어요?

어머님은 나⋯ [한참 생각하며] 쉰두 살 땐가 돌아가셨을 것이여. 나, 내가 쉰두 살 때.

형님은 무슨 일을 하셨어요?

형님은 저 여기서 신태인에 있다가 일정시대 군인 갔다 와서 해방되어 가지고 제대했거든? 제대해 가지고 저⋯ 먹고 살라면 어디 취직해야 할 거 아니여? 방앗간, 그때 쌀방앗간. 그래 가지고 인자 정미소 기술자로 들어갔지(주 9를 참고). 그래 가지고 인자 결혼해 가지고 처갓집이 영원면. 영원이 처갓집이거든. 신태인에서 한 육 키로인가 떨어져. 거그 가서 이장 노릇했지. 그 동네 이장.

또 다른 형제들은요?

저 여동생들만 둘 있지. 여동생이 나이가 예순일곱인가? 여덟, 예순여덟. 하나는 또 예순, 예순다섯인가? [우리 형제들 이름에는] 다 '영(永)'자 들어가. 영길이, 영애. 사랑 '애(愛)'.

아버님은 지병이 있어서 빨리 돌아가신 거예요?

그렇지. 해수병(咳嗽病)[30]이 있었어. 천식. 어릴 때. 나도 우리 아버지 돌아가실 때는 나도 몰랐어요. 그때 아홉 살 땐데. 막 지냈지. 내가 그때 국민학교 이학년 땐가? 어머니가 욕 봤지(고생했지). 별 놈의 장사 다 하고. 고생을 많이 했지. 신태인에서. 배 뭐 사과장사 뭔 장사 벨(별) 놈의 인꼬리 장사[31]도 많이 했지. 우리가 본, 내가 본, 남의 집 생활도 많이 하고. 식모생활도 많이 하고, 그렇게 해서 우리를 먹여 살렸지. 그때 살기가 어려웠었어요. 사람 하나(아버지) 죽은게 양 바로 양 달라지드만? 아버님이 그때 인정이 그렇게 많아 가지고 옆집 애기 낳으면 미역도 갖다 주고, 쌀도 갖다주고. "자기 먹을 것 못 먹어도 갖다줘야 한다." 이거야. 그런 아버지였어요. 그렇게 인정이 많았어요. 기억 나. 그런 기억은 나요. 인정을 베풀고 기억이 나. 인자 어머님하고 노상(늘) 싸웠지. 그러니까 그때, 어떻게 살아나왔는가 그 생각만 나요. 까마득해요. 그 어떻게 어렵게 어머님 혼자서 다 동생들 돌보시고. 아버지가 돌아가셔 가지고 이? 그 집주인이 우리가 [이사를] 잘못 들어왔다고 나가라고 했어. 한겨울에 나가라고. 그때 배깔 주인이 아프고 나면 동튼다고 하거든. [세를] 잘못 들어와서. 집주인이 아프면은 이사 잘못 들어왔다고 아프다고, 옛

날 미신 같으다고. 엄동설한에 나가라고 하는디 어떻게 할 것이여. 눈은
막 오는디. 그때 고생 많이 했어요. 우리 이사 잘못 들어왔다고. 그래 가
지고 우리도 어디 갈 데가 있어? 인제 친구 집에 며칠 가서 자고. 지금 말
인게 그렇지 그때 참 고생 많이 했어요. [그래서] 악착 같이 [사진기술을]
배워서 성공을 해야겠다[하고 생각하게 됐지요]. 그때 엄마도 살기가 복
잡한게. "가서 니 기술 배워서 밥벌이 해라." 그때는 어머니도 내 고집
을 꺾들 못했어. 한 번 맘 먹으면은 막 어쩌고 헌게. 형님도 뭐라고 안 했
어. 내 성질 알기 때문에.

부안에서의 기억은요?

부안에서 익산으로 이사 간다고 한 것만 알고 있어. 그때 기억은 내 어
렸을 때라 아무것도 몰라. 나는 아버지 죽은 것도 애들하고 노느라고. 아
버지 송장 쓰여 놓고도 거그서 막 내가 웃으면서 놀고 그랬다는디. 아버
지 돌아가시고 있다가 나서 좀 있다가 정신이 번쩍 나더라고 어린 마음
이더라도. 그때 동생들은 쪼그맨 했지, 동생들은. 가들도 지금 다 환갑이
지나고 그랬지. [다시 집에서 쫓겨난 얘기를 하시며] 쪼그마한 방에서 한
식구가 자는디 [집주인이] 나가라고 하더라고. 어린 맘이라 욕도 못허고.
주인이 나가라면 나가야지 어쩌게 혀요? 어머님은 인자 인꼬리 장사 하
고 다니셨다는 기억만 나. 식모살이하고. 형님이 인자 돈 좀 벌어 온게.
그때는. 여자들은 가슴앓이 병이라고 하냐 뭐시라고 하냐? 홧병인가 속
병이나 마찬가지지. [어머님은 그거 생겨 가지고 아무 일도 못허고. 속
병으로 돌아가셨어.

어머니께서 병원에 다니셨어요?

지금은 고인이 된 부인과 두 딸의 모습이다. 부인이 세상을 뜬 이후 가족사진 대부분을 불태웠지만 용케 이 사진은 남게 되었다.

돈 있간디 병원을 댕겨? 병원도 안 댕기고 '담방약'만 사다가. 약국에 가서. 진통제 같은 거. 그때는 어머님하고 나하고 [살았어]. 형님은 방앗간에 계셨으니까. 나도 인자 있다가 서울로 가버렸으니까 어머님 혼자 사셨지. 형님네 집 있다가, 형님은 영원면 처갓 동네에서 살았으니까, 그 동네에서 이장질 했으니까. [어머님은] 거기(영원면) 있다가 여기(신태인) 있다가 왔다갔다 했지요.

먼저 세상 떠나 보낸 부인

어머니 돌아가시고 바로 또 부인께서 돌아가신 거예요?

그렇지. 바로. 바로. 어머니는 여기서 며느리가 아프다고 하니까 큰집 (형님 집)으로 갔지. 부인은 당뇨병으로 [죽었지]. 병원에서. 부안 가는 길[에] 혜성병원이라고. 전북대학교 병원에 가서 한 일 년 간 있었다가 와 가지고 여기서 집에서 치료하다가 바로 양 또 병이 악화되길래 부안 혜성병원에 가서 가찬(가까운) 데로. 거그 가서. 그 병원에 가서 죽었지.

사모님 병간호는 누가 하셨나요?

기일이 언제예요?

곧 돌아오네. 음력으로 섣달 스물사흗날. 구정 한 며칠 남겨 놓고 돌아 갔으니까(1994년).

사모님 병간호는 누가 하셨나요?

내가 했지. 내가 하면서 [사진관] 왔다갔다 하면서. 여기서 허면서 대학병원 왔다갔다. 여기서(사진관) 끝나고 저녁에 가서 아침에 오고 그러고 댕겼지. 그때…. 차라리…. 이거는 불효한 맘인디 "빨리 죽어버렸으면 쓰겄다." 그런 맴이 들더라고. 돈이 하도 없으니까. 당뇨가 와 가지고 합병으로 돌아갔지. 심장으로 와 가지고 죽었어. [사진을 보며] 야들 졸업, 막내가 그때 중학교냐? 고등학교. 전부 직장 있을 때야. [자식들을] 하나도 안 여웠을 때(결혼시키지 않았을 때) 마누라가 죽었어요. 그래 가지고 아따~ 죽응게 정신이 얼얼하든만. 하나도 안 여웠을 때. 그래서 정신이 아득 혀. 이것을 야들을 어떻게 거시길 하냐 [키우냐]. 그래 가지고 참, 내 무슨 고민이 굉장히 많았지요. 참말로. "저 새끼들, 조그만한 자식들을 어떻게 여울까?" 참 굉장히, 이렇게 남한테는 내색을 안 해도 속으로는 어떻게 그렇게 될 수가 있어요. 혼자 고통하고 말지. 뭐 돈 떨어지면 거그도, 뭐 돈을 채워 달랠 수도 없고, 참 내가 없으면 즈들 내가 먹

윤영국의 칠순 기념사진이다. 특별히 잔치를 한 것은 아니고, 딸들이 사는 서울에
가서 기념사진만 찍었다고 한다.

고 죽는 거야. 얻어먹지도 못하고. 사람들이 이상하게, 사람들도 친구들도 내 사는게 보이거든.

부인하고는 어떠셨어요?

마누라하고는 뭐. 내가 싸움도 않고. 싸움을. 여자가 먼저 시비를 걸더라도 내가 한 쪽 귀로 듣고 흘려 버리거든. 나 같은 사람 없을 것이여. 성질을 한 번도 안 냈다고 하면 그짓말이지만, 큰소리는 냈지만. [치고 박고 던지는] 그런 것은 안 했고, [그것도] 애들 때문에 그렇게 큰소리가 나왔지. 제일 큰딸이 이짝(이쪽)이요. [가족사진을 보며] 자가 왕신[여기]에서 일등 갔어요. 어머니 병이 악화될 판인디. 학교 선생들은 "대학을 보내야 한다." 막 쫓아다녔어요. "등록금도 낼 것이 없는디 어찌 보내냐?" [내가 말했지] 부모 맘은 오직 거시기 하겠냐고. 학교 가서 서무계 가서 막 거시기(원서) 하나 써다가 수원 삼성전자? 지가 혼자 가서 취직해 버렸어, 자가. 그래 가지고 인자. 저짝에 그 밑에 동생 한숙이라고 가도 졸업하고 거리로 끌어가고. 수원 삼성전자로. 셋째는 대우전자. 정읍. 여 그 가운데 얼굴 큰 여자. 그게 셋째딸. 가는 지금은 서울서 살지. 여 막둥이는 딸. 롯데백화점에 있고. 그리고 저 남자 셋은 사우(사위). 사우들.

이 사진은 언제 찍으신 거예요?

나 칠순 때. 서울서 찍었지.

칠순잔치는 어떻게 하셨어요?

안 했어요. 허도 않고 집안 식구 밥만 먹었어. 딸들이 거기서 오라고 해가지고. 아들이 여그 하나밖에 없으니까. 저놈이 고시공부 한다고….

[우리 집] 문 앞에 다 책이여. 책이 양 몇 가마니여. 사람 죽겠드라고. 참말로 돈 있는 대로 긁어다 책 산다고. 이차까지 되고는 안 되게 생겼응게 딴 길로 돌아서 버렸어. 거 [전라도] 광주 가서 공부했지. 그때 고시공부 해서는 사람 버리니까 일찌감치 잘하라고 나는. 인자 서울 양지학원? 양지학원이라고 있어. 거기 들어가 가지고 사진 공부한다고. 중앙대학교 사진과 간다고 [하더니] 떨어져 버렸어. 그땐 이것이(돈이) 굉장히 쎄게 들어갔거든. 돈이 몇 백만원이 들었어. 지가 하고 싶다고. 그래 갖고.

아들, 딸 그리고 장인 장모 이야기

자식들에게 왜 사진기술을 배워 보라고 하지 않으셨어요?

야(아들)가 물려 받을라고 했는디 내가 '허지 마라' 했어요. 고시공부 허다가 세 번 떨어져 가지고 방탕생활했지, 야가. 그래 갖고 저 혼자 나가서 양 뭐 장시(장사)하는가 뭣을 하는가 모르겄어 지금. 그때 즈그 어머니 아픈 바람에 약 타게 돈이 들어간게 대학은 들어가도 못했어요. 고생들 많이 했죠. 그때 야는… 당시 고등학교는 다 마치고. 고등학교는 졸업했어. 전부 저기… 즈그 어머니가 아픈게 애들이 참…[고생 많이 했지]. 야, 야, 큰딸이 영리했어. 굉장히 영리했는디, 당시 고등학교서 교육대학인가 사범대학인가 보내라 했거덩? 담임선생이? 근디 즈그 어머니 약값 든다고. 지가 그것을 알아 가지고 [대학을] 안 간다' 해 갖고 수원 삼성전자. 지가 그냥 가서 들어가 버렸당게.

아드님은 어떻게 결혼했나요?

[며느리를] 광주에서 만났어요. 연애해 가지고. 광주상업여자고등핵

교 댕겨 가지고. 무안(務安) 여잔디? [처음에 보니깨] 괜찮게 생겼어.

따님들 결혼은요?

긍게 셋째딸. 갸가 대우전자 댕김서 연애를 했어. 연애를 해 가지고, [내가] 남자를 데리고 오라고 했어. 가가(셋째사위) 금호공고 나왔드만. 금호공고. 그 저 옛날 경상도 금호공고. 가도 대우로 전출 왔드만. 즈그들끼리 눈이 맞았는가, 연애를 했는가벼. 그래 가지고 딸이 하루는, "아버지 나 사귀는 남자가 있으니까." 한번 볼라냐고 그려. "그럼 데리고 와라." 나온다고 해서, 저~그 오는 애를 보니까 키도 크고 괜찮드란 말여. 그래서 저그 "자네 어머니, 아버지 계시는가?" 그랬더니. 없다고 그려, 거그도. 가도 고아여. 고아로, 저그 누님 밑에서 자라 가지고, '부모가 없으면 버르장머리가 없을텐디 내가 그렇게 생각을 했어, 처음에는. 그래 나중에 하루 이틀 지켜본게 애가 좀 됐드라고. 싹수가 있고. 그래서 나도, 저그 어매도 없고, 야도 혼자 있고, 갸도 고아인디. 주어 버리자. 이제 서로가. 애들(다른 자식들)한테 인자 상의를 했어. 긍게 '아부지가 알아서 하시라' 고 인제 글드만. 해라고. 인제 셋째 딸은 여그서(신태인 낙원예식장) 결혼을 했어. 그 다음에는 인제 아들이 또 한 일 년 있다가, 광주에서 [상견례] 했어. 연애 또 해가지고. 무안 여자랑 연애 해가지고, 결혼은 또, 한번 상의를 하러 광주로 오라고 혀. 그래서 갔지. 근데 여자부모들이 둘이 다 나와 있더라고. 가는 상고 나오고 마트에서 뭐 거시기 한다고 하고 있어. 간게 마트에서 저… 계산한다고 했어]. '그르냐' 고, '둘이 서로 좋다고 하면 시키쟈' 고. 그렇게 해 가지고 가를 인제 여그 와서 여그서(신태인 낙원예식장) 결혼을 시켰지. 그 집안은 부자고 그 동

네에서. 그래도 '밥 제때 먹는다' 는 부자여. 처가가. 소가 한 오십 마리
이상 키우고, 그래 가지고 아주 대농가여. 그래서 우리하고는 게임이 안
돼지. 저그들 좋다고 한게 뭐 해야지 어떻게 혀. 해주고. 한 일 년 만에.
큰딸이 또 남자 하나 있다고 또 나보고 소갤 해줘. 그때 갸 부천 살 때여.
부천. 그래서 한 번 또 나보고 올라오라드만. 부천으로? 그서 올라갔지.
올라간게 남자가, 내가 보기에는 괜찮든만. 키도 크고, 몸도 건강하고.
"고향이 어디냐?" 고 한게 '부안이라' 고 그려. 부안 동진면. 거기라
고 그려. '그러냐' 고. 그러면 "아버지 어머니 다 계시냐?" 고. 그래서
"아버지는 안 계시고 어머니만 계신다" 고 그려. "학교는 어디 나왔
냐?" 고 한게 '중앙고등학교 나왔다' 고 그려. 그래서 딸보고 그랬지,
한쪽으로 오라고 해 가지고, "진짜 그 남자를 니가 좋아하냐?" 고 [물어
봤어]. '좋아한다' 고 그려. 또 남잘 데리고 가서, "자네 우리 딸 사랑하
는가?" 인자 그것을 물어봤지. 그

런게 '사랑한다' 고. 내가 "어머
니가 안 계신게 살림 할지는 모르
겄는디, 갈친(가르친) 것은 별로 없
지만 딸 하나는 내가 교육은 잘 시
켰으니까 자네가 데려갔다가 잘 갈
치면서… 자네가 한 번 거시기 허
소." 근다고. 아, 그래서 인자 큰
딸도 여그서 해버렸어. 낙원[예식
장서. 그러고 인자 또 한 몇 년 있
웅게 둘째 딸이 또, 그 놈이 시집을

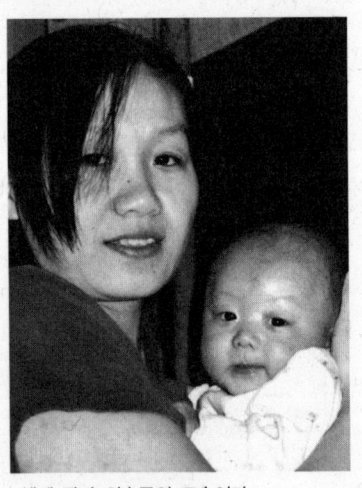

셋째 딸과 외손주의 모습이다.

안 간다는 놈이 또 보자고. 참 나. 인자 서울로, 나보고 서울로 따로 오라
고 해서, 간게 그놈(둘째사위)이 또 나타났어. 그러면 에, 삼육대라고 거
그 나왔드만, 신랑이. 아버지가 [교회] 장로고. 당진(唐津) 사람이여. 당
진. 충청도, 당진 사람인디. 처음 볼 때, '아버님 오셨냐'고, 그랬단 말
여. 그래서 가만히, 말을 안 하고 있응게 "진작 찾아 봬야 헌디, 찾아 뵙
도 못하고, 올라오시라고 해서 죄송합니다." 글더니, 얼굴 보니까 애가
괜찮겠더만. 키도 크고 양 거시기 하고. 그래서 그냥 승낙을 했지. 가는
아버지, 어머니가 또 에… 며칠 날? 한 다섯 쨌가 있다가 아버지, 어머니
가 또 만나자고 나보고 그려. 군산서 만났어. 군산이 당진이랑 얼마 안
돼거든. 군산서 만나 가지고 에… 얘기를 딱 했지. 재산 얘기를. '난 아
무것도 없는 사람이고, 혼자 있어 가지고, 이렇게 됐다'고. '아, 그런
지 안다'고 '딸한테 잘 들었다'고. 일단 '만일 집이(당신의) 식구가
되면은, 내 가르친 건 없다. 모든게 잘못됐어도 예쁘게 봐주고, 거시기
허게 봐달라'고 [말했지]. 아 그러더니 "무슨, 그런 얘기 해줘서 고맙
다"고. 당진에서 결혼시켰어요, 가는.

막내따님만 아직…? 애인이 없어요?
아직, 없어요.

결혼 비용이나 혼수는 어떻게 마련하셨어요?
저그들이 다 벌어서 했어요. 나는 하나도 안 대줬어. 저그들이 다 벌어
서 했지. 아들은 내가 좀 한 몇 [백] 만원 대줬지.

아이들 태어났을 때 어떠셨어요?

[웃으며] 처음에 아들 낳았을 때, 처음에 아들 낳았지. 아들 낳고 인자 그 다음부터 딸, 딸, 딸 이렇게 해 가지고 계속 넷이나 딸이 나왔네. 내 팔자가 그런가벼. 마누라하고 둘이 우리 팔자가 아들 하나 둘 팔자고, 딸이 넷인게. 우리만 좋으면 괜찮은게. 그렇게 하자고, 타협해 가지고 그렇게 탁 끊어 버렸어.

키우실 때는 딸이 좋아요, 아들이 좋아요?

딸이 좋죠.

어른들이 아들을 더 낳으라고 하지는 않으셨나요?

그런 얘기는 없고, 인자 장모, 장인을 내가 모시고 살았는데. 내가 사위 노릇하면서…. 장인이 술을 굉장히 먹는 사람이여. 술을. 결혼하고 나서 아니 술 먹고는 낮에, 한낮에 양 [시내 한복판에] 가서 딱 오줌을 싸고. 대낮에. 사람들이 나한테 와선 "어이, 자네 장인, 술 [취해서] 그냥 누워 버렸네." [그래] 어찌여 그 말을 듣고 안 갈 수가 있어야지. 여그서 리어카 끌고 가서 띠며서(떠메서), 뉘어서 집에 모시고, 그것이 한두 번 아니여. '꽈리사진관' 할 때. 그것이 진짜 한두 번 아니여. 그래서 나는 장모가 "사우 얼굴 깨끼나(사위 체면 깎나)!' 고, "이제 고만 좀 하라!' 고. "그만 좀 술 먹고 지내라!' 고. 인자 장모가 양 막~ 뭐라고 하드만. 아, 그 다음에 그 말 듣고 [장인이] 한 이틀 그 교회 나간다고 [성경] 책을 사달라고 그려. 그 여기 제일교회라고. 그 교회 나간 때는(나간 뒤부터는) 술 이만큼을 안 해. 아예, 그 말 듣고는. 그 친구들이 끌었지. 술 못 먹게. 인자 교회 한 몇 년 댕기다가 돌아가셨지.

언제부터 장인, 장모님을 모셨어요?

장개(장가) 간 날부터. 본아들들은 다 객지가 나가 있고. 누구 모실 사람이 없는 거야. 그 양반, 둘을. 그래서 내가. "장모님, 장인 장모님도 친부모나 마찬가지다." 그래서 모신 거지. 아 내가 여그서 다 해냈지. 돌아가신 거.

언제 돌아가셨어요? 두 분은? ·

그분들 돌아가신… 그건 모르지. 몇 년 [인지]. 말하자면 장인. 장인이 먼저 돌아가셨어요. 먼저 가고 나중에 [내] 안식구개[죽었지].

그리고 맨 나중에 장모님이 돌아가셨어요?

예, 장모님이 돌아가셨죠, 예. 장모님은 인자 딸이 또 서울 가서 다방하거든. 인제 거기서 왔다갔다 했지.

어뗘셨어요? 더 힘드셨을 것 같은데? 시부모님 모시는 거야 그 당시에는 당연한 일이었겠지만 아무래도 장인 장모는…?

아~ 다 부모나 마찬가진디. [그래도] 그때는 참 나를 다시 봤지, 사람들이. 내가 둘째 아들이라 [가능했던 것이지].

장인, 장모님 성함도 기억하세요?

이름 알지. 장인은 '강(姜)' 큰 '대(大)' 자(字), 이룰 '성(成)' 자.

장모님은요?

한덕수. 남자 이름 같어. '한' 씨는 한나라 '한(韓)' 자. 덕수는 큰 '덕(?)' 자, '수'는 물가 '수(水)' 자.

장인 장모님은 성당에 안 다니셨나봐요?

위, 1980년, 부인의 천주교 영세
사진이다. 윤영국은 1975년에
영세를 받았다. 본인의 영세
기념사진은 남아 있지 않다.

아래, 윤영국과 그의 부인이 다녔던
신태인 천주교회의 모습이다.
(2006, 연구자 촬영)

그거는 제일[교회] 장모, 장인하고, 그거는 자기 제일교회. 갈등은 없지. 갈등은 없어, 내가 처음부터 천주교 댕기고, [장인 장모는] 나중에사 제일교회 댕겼으니까. 신앙은 자기 자유니까.

종교생활과 제사

신태인성당은 언제부터 다니셨어요?

내가 십오 년간 여기를 [다녔어]. 지금 여 안식구 죽고 나서는 맘이 괴로워서 가덜 안혀. 한 오 년 되았어, 안 나간 지.[32]

그러면 성당은 언제 처음 나가셨어요? 사진을 보니 사모님은 팔십년도에 영세를 받으셨네요?

십오 년 되았으니까 지금. 둘이 결혼했으니까. 바로 한 한 몇 개월 있다가 천주교 그 옆에 사람이 천주교 신자라. 옆에 사람(김영채)이 천주교 신자라 그 사람이 인도를 했지. 가만히 본게 사람이 신앙을 하나 가져야겠대. 무슨 신앙이든 취미가. 그래서 거그를 그런 거여. 돈은 있는데, 이 교회 같은 데는 헌금 같은 것을 많이 내야 하지만 여그는 안 내도 그만 내도 그만. 그게 뭐 박절 허게 가져오라고 안한게. 교회 같으믄 돈을 막 가져오라고 막 하는디 여그는 그러질 않어. 여그서는 미사 때 한 이천원만 내고 끝나고 그려.

영세는 한참 다닌 뒤에 하신 거예요?

교리를 많이 배워야죠. 거 교리를 알아야 혀.

아버님 기일은 언제예요?

신태인 천주교회의 현재 모습이다. (2006. 연구자 촬영)

어머니 아버지 제사가 낼 모레여. 오일날인디. 이월 오일. 아버지가 십팔일날이고. 어머니가 십칠일인디 합동으로 하지. 인자 한 날 지내 버려 교회식으로.

부인 제사는요?

제사는 전주 아들네 가서 지내지. 저그 매 제사는.

어떤 식으로?

성당식으로 하지. 이제 지방(紙榜)만 안 쓰고, 양 성당 보는 책이 있어. 제사 지내는 책이. 거 읽고 인자 기도만 하고. 교회식이랑 비슷하여. 상은 안 차리고. 허고 나서 의식 있고 갖다 먹고 그렇지. 집안사람들 먹기 위해서 하는 것이지 뭐.

부인 제사 때는 누가 오나요?

딸들 다 오지, 서울서.

부모님 제사는 어떻게 지내나요?

교회식으로. 개신교식으로. 형님이 거, 형수씨가 권사인게.

어디서요?

영원[면]. 큰집. 내가 가야지.

누구누구 오세요?

조카들도. 조카가 전고 선생으로 있거든? 그리고 인자 며느리가 영생 [고등학교]? 뭐 선생질하고. 내우간(내외 간)에 선생질인게, 그 집은 나보단 몇 배 낫어. 큰조카 서울서 개인택시 하는 아? 가가 오고. 그렇게들. 인자 여동생들도 오고.

여기 가면 개신교? 저기 가면 천주교로 하네요?
종교는 자기 자유잉께.

뭐가 다른가요?
같은 하나님인게, 원래 개신교는 성당에서 해 가지고 성당에서 갈라나 왔거든. 하나님은 똑같아 하나여. 지들이 만들어 가지고 한 것이지. [제사는] 지방만 제대로 안 써. 천주교에서는 절을 하는디, 개신교는 절을 안 혀. [천주교는] 일반 제사 같이 똑같이 지내. 사진만 놓고 지방만 안 쓰지. 음식도 똑같이 혀. 먹을 거 다 먹고. 개신교는 그렇게 했다가는 큰일 나지. 예배보지. 내 딴 얘기하지만, 딴 사람들한테 들으면 천주교가 낫다고 하지.

현재 생활과 취미활동

술 담배 좋아하세요?
나는 젊었을 때는 술이랑 담배랑 많이 폈는디, 끊은 지가 한 육 년 돼.

계기가 뭐예요?
안 좋다 해서 끊어 버렸어.

술도 안 드시고?
술은 한 잔씩 하지.

[이번] 설에는 어디 가세요?

아들한테 가서 제사 지내고 바로 그 이튿날 여기 와야지. 사위가 온다니까, 서울서. 큰 사위가 부안 살거든. 원래. 부안 사람이여.

설에는 뭐하세요?

그냥 왔다갔다 허지요. 영화관 같은 데는 사람 많아서 못 갈 것이고. 영화관, 사람 들어갈 틈이 없지. 작년 설에는 어떻게 뚫고 들어갔는디, 금년에는 사람이 많은 것 같어. 긍게.

누구랑 같이 갔어요?

혼자 댕기지 뭐.

작년에는 어떤 영화 보셨어요?

작년에 뭐 봤더라. 하도 많은게 영화가. 기억이 안 나요. 하도 영화를 많이 봐 가지고.

언제부터 이렇게 영화관을 많이 다니셨어요?

서울에서부터. 취미가 영화하고 책하고. 영화가 재밌지. 그전에는 신영균 같은, 신영균이 좋아했었어요. 그다음 신성일이. 엄앵란 같은. 연기를 잘하니까. 요즘에는 그렇게 좋은 것이 없데요. 거시기 저 '가문의 부활'[33] '가문의 부활'이지? 그 영화는 좀 괜찮더라고. 완전히 망해 가지고 다시 일어나는 거, 그것이 좀 거시기 하드라고. 글 안 하면, 짐승 나오는 거. 그런 거 좋아하고. [예전에는] 일요일날은, 일요일날은, 피엑스 사진부 있을 때는, 피엑스 사진부 있을 때는. 일요일날 쉬거든, 언제나. 그땐, 나올 때는 여자들하고 같이 댕겼지. 영화도 좀 보고, 글 안 하면 저, 창덕궁, 덕수궁 같은 데 돌아댕기고 그랬지. 대한극장, 을지극장.

지방으로 내려오신 뒤에는 어떤 극장을 주로 가셨어요?

그 뭐 신태인극장이 그때 없었어. 그때 여그가 있었는가 기억 않나. 여그는 밤에만 하니까. 여그 신태인극장이었어. 신태인극장. 자주 다녔지. 여그 극장 있을 때는 자주 다녔지. 없어지고 난게, 저 정읍으로 다니다가. 정읍 중앙극장. 거그 댕기다가, 서울로 댕겼지. 아니 저, 전주, 전주. 지금은 롯데, 롯데(롯데시네마)가 낫더만. 그 백화점, 심심하면 구경도 하고, 딴 데는 안 갔어요. 시내에도 극장이 많아, 많다고 하던디, 거그 까진 안 갔어. 정읍 중앙극장에 가서는 '괴물' 봤어, '괴물' [34].

지금도 있어요. 중앙극장?

있어요. 지금도.

근데 왜 전주로 더 자주 가세요?

그건 인자 교통이 가찹고(가깝고), 거 늦게사 한 세시쯤 가서 보고. 하루 지내기는 전주가 낫죠. 하루 일과 지내기 위해선, 하루, 하루 일과 지내기. 아침 인자 열한시 삼십분 차 타고, 점심 먹고 그래 놓곤 인자 한시 삼십분쯤에나 해서 극장 들어가거든? 그럼 극장 구경하고 나서면 다섯시 삼십분 차로 여그 시내로 와. 그럼 딱 맞어. 시간이.

영화 보러 가시면 점심은 누구랑 드세요?

아가씨들이랑 가면 아가씨랑 같이 먹고, 혼자 가면 혼자 먹고.

[웃으며] 아니, 요즘에요.

요즘은 혼자 먹지요. 친구들하고 같이 먹고. 나이 먹은 사람들이 인자, 여자 찾고 뭣 허고 혀. 인자.

같이 가시는 분들 있어요?

있어요. [대부분은] 혼자, 혼자 가지. 그놈허고, 차비내고 어찌고 헌게. [나는] 혼자도 잘 먹어요. 서울서 [혼자] 잘 먹어 봐서.

주로 어떤 음식을 잘 드세요?

생선류, 생선덮밥. 글 안 하면, 돈가스 같은 거, 비후 같은 거. 롯데백화점 그 사층, 사층 가면 있어요. 그 비싸드만. 비싸도 가치가 있드만.

서울에서 사진사 하셨을 때도 극장에 자주 가셨고, 지금도 가시고요?

쉬는 날은 극장엘 가죠. 대전에선 극장이란 걸 구경을 못했어요. 저녁에 여그 신태인 그때. 저녁에만 어 구경 갔었지.

좋아하는 영화배우 있으세요?

그전에는 '신영균' 같은, 신영균. 신영균이 좋아했었어요. 그다음 '신성일' 이. '엄앵란' 같은.

왜 이 사람들을 좋아했어요?

연기를 잘하니까.

일부러 더 이 사람들이 나온 영화를 더 찾아서 가시고 그러셨어요?

그랬지.

요즘 나오는 배우 중에서는 누가 제일 맘에 드세요?

요즘 배우들. 그 누구냐. '가문의 영광' 그 여자가 누구지? 이수민가? 김수미. 그 저 가하고. 그 강부자. 가(김수미)가 무슨 영화든 잘 나오든만? [웃음]

대야수목원에서
2006.5.2.

화요등산회 회원들과 나들이 가서 찍은 사진이다.

등산도 취미로 가시지요?

예, 등산은 일주일에 한 번씩. 화요일날. 그것은 한 십오 년 될 거여. 등산은 인제 여그서 연습 짜 가지고 등산 에… 가자고서 삼사 명, 다섯 명? 다섯 명이 저 시내버스로 가차운 디로 댕겼었지요. 그리고 나서 한 스무명, 서른 명 넘으면 그때선 인자 회장 선출허고 총무 선출허고 다해요. 그러곤 등산 본격적으로 인자 그때부터 차 인자 한 대, 관광차? 불러서 가고 그랬어요. 회비는 만원씩 걷고, 도시락은 지참하고. 화요일날. 긍게 매주 화요일날만 간게. [그 등산회 이름은] '화요등산' 화요등산회. 지금은 한 정회원이 한 삼십오 명?

어르신 도시락은 어떻게?

인자 김밥 인자 김밥 사갖고 가요. 등산을 허고, 허고 목욕하면 기분이 좋아요. [정읍] 수성동(水城洞), 거기 수성동에 목욕탕 큰놈 있거든? 거그가 목욕탕이 큰놈 하나 있어요. 단체로 가서. 차 대놓고, 차 해놓고, 거그가 쫌 싸게 하거든. 한 오백원, 오백원 싸게. 그런게 같이 가.

책은 어떤 책을 좋아하세요?

'삼국지' 같은 거 그거, 그, 지금 옛날 서울대학교 김동진인가 김동진이? 교수, 그 사람 김 뭣이더라, 동 뭣이더라. 그 사람 책. 제목이… 그사람 책 많이 읽어요. 그렇지 않으면 인제 '신동아' 사서 보고. 잡지.

쇼핑은 주로 어디에서 하세요?

책 집에 가서. 여기 밑에 서점. 그렇지 않으면 전주 가서, 책, 서점 들어가서 볼 만한 책 있으면 사 가지고 들어오고. 가끔 한 번씩 가요. 인제

'신동아' 다 읽으면, 떨어지면 또 가고.

취미활동을 하는 데 드는 비용이 있잖아요?

비용이 많이 들지요. 나는 돈 있는 대로 쓰는 사람이요. 원래. 인제 내
수중에 붙을 새가 없어. 그러면은 또 어떻게 생겨. 딸들이 한 삼십만원,
한 달에 붙여 줘. 서울서. 딸이 넷 인게. 하나는 시집 안 갔고, 아직. 아들
하나, 둘째 딸 아들 하나 낳고, 큰딸이 딸 하나 낳고 그랬지.

주

1. 전라북도 정읍시 신태인은 조선시대 이전에는 인의현(백제), 태산군(고려), 태인군 (조선)으로 불려오다가 1940년 11월 1일 신태인읍으로 승격되었고, 1995년 1월 1일 정주시와 정읍군이 통합된 이래 현재에 이르고 있다. 신태인이란 지명은 역명(驛名) 에서 유래하였는데 1912년 호남선이 개통되고 1914년 1월 11일 김제와 정읍 구간이 철도 영업을 개시하자 때를 같이해 신태인역도 문을 열었다. 이때 붙여진 이름이 인 근 구(舊)태인과 구별되는 신태인이다. 이는 일제의 한반도 강점과정에서 생긴 이름 으로 그전까지 면행정의 중심은 화호리(禾湖里)였다고 한다. 그러나 신태인 역이 들 어서고 인구가 늘어나면서 화호는 그 주도권을 빼앗겼다. 신태인은 평야의 중심부에 위치하여 농지수탈의 산역사를 그대로 지닌 곳이다. 이곳은 일제강점기에 일본인들 이 많이 거주하였고, 경제적 실권도 그들이 휘둘렀다. 당시 호남평야의 중심에 자리 잡은 김제, 옥구, 익산, 정읍 지역은 수탈의 주무대였으며, 신태인도 여기에서 빠질 수 없었다. 1960년대 초 인구 2만 5천명으로 읍세가 왕성하였으나 현재는 산업화 과정 에서 인구의 대도시 집중화로 인해 소도읍으로 그 위상이 바뀌었다(이상의 내용은 신 태인읍사무소의 행정 현황자료를 참고로 정리한 것이다).
2. 신태인북초등학교는 1999년에 서지말초등학교로 이름이 바뀌었고, 그 다음해인 2000 년, 신태인초등학교로 통폐합되었다. 현재 북초등학교 건물은 폐허가 된 채로 남아 있다.
3. 전라북도 부안군

4. 왕신여자고등학교를 말한다. 전라북도 정읍시 신태인읍 신태인리에 있는 사립고등학교로 1964년 개교하였다. 구술자가 기억하고 있는 사건이 일어났던 당시(일제강점기 때)는 왕신여고가 개교하기 전이었으며, 그 자리에 낮은 산이 있었고, 나무가 많았기 때문에 말똥을 갖다 버리기 적합했다고 한다.

5. 구술자의 아버지는 신태인 금융조합에서 근무하였다. 당시 금융조합은 현재 신태인 농협이 되었다.

6. '동토(動土) 났다'고도 한다. 땅, 돌, 나무 따위를 잘못 건드려 지신(地神)을 화나게 하여 재앙을 받는 일을 말한다. 또 건드려서는 안 될 것을 공연히 건드려서 스스로 걱정이나 해를 입는 일을 비유적으로 이르는 말이다.

7. 여러가지 물건을 머리에 이고 다니면서 파는 일종의 행상

8. 일제강점기의 중등교육기관

9. 윤영국의 친형님. 현재 81세이고, 정읍시 영원면에서 부인 이강선(75세) 씨와 단 둘이 살고 있다. 소화 18년 신태인 개발영단에서 근무하다가 일본 북해도 보국대로 징용을 갔다 온 경험이 있다. 당시 아버지 대신 가족의 생계를 책임지고 있었던 윤영조의 갑작스런 징용으로 윤영국의 가족들은 지독한 생활고에 시달리기 시작하였다.

10. 서기 1941년

11. 1906년 보통학교령에 의하여 설치된 초등교육기관. 1938년에 그 명칭이 다시 소학교로 바뀌고, 1941년에 국민학교로, 1997년에 초등학교로 개칭되었다.

12. 서기 1943년

13. 일제 강점기에, 우리나라 사람을 강제 노동에 동원하기 위하여 만든 노무대

14. 일본 홋카이도. 혼슈[本州] 북쪽에 있는 섬

15. 시모노세키(下關), 일본의 야마구치 현[山口縣] 남서쪽 끝에 있는 도시

16. 조사자와 구술자는 첫 면담 때, 구술자가 근무했던 여러 사진관에 대해 잠시 얘기를 나눈 적이 있다. 그때는 첫 대면이라서 구술 내용을 녹음하지는 않았다.

17. 구술자가 얘기하고 있는 곳은 현재 충무로에 있는 '신세계백화점' 건물이다. 해방 후부터 1955년까지 미군 PX 건물로 사용되다가 동화백화점이 되었고, 1963년 지금의 '신세계백화점'으로 바뀌었다. 윤영국은 미군 PX에서 군생활을 하기도 했다.

18. 윤영국은 서울에 도착하자마자 '청탑사진관'에 취직하였다. '대성사진관'은 1957년도부터 근무한 곳이다. 그는 많은 사진관에서 일했기 때문에 간혹 자신이 근무했던 사진관 이름을 헷갈려 한다.

19. 조사자와 구술자 윤영국은 둘 다 전라도 출신이다. 그런데도 서로 간의 세대 격차로 인해 면담중 알아듣지 못하는 사투리가 많았다. 그는 영화 보는 것을 좋아해 지금까지도 극장에 자주 다니는데, '진성'이 나오는 영화를 특히 선호한다고 해서 처음에 조사자는 '진성'이라는 영화배우가 있는 줄로만 알고 있었다. 면담 전 서로의 안부를 물으며 "이번 주에는 무슨 영화 보셨어요?"라고 물을 때마다 '내가 진성 나오는 거 좋아한다고 안 했어? 이번에도 진성 나오는 거 골라 봤지'라고 얘기했기 때문에 그가 '진성'이라는 사람을 끔찍이도 좋아한다고 생각했던 것이다. 하지만 아무리 검색해 봐도 '진성'이라는 배우에 대한 정보를 찾을 수가 없었다. 그러다 그가 아가씨들과 데이트 하던 시절의 이야기를 나누게 되면서 그 '진성'의 실체를 알게 된 것이다. '진성'은 '짐승'이었다.

20. 단성사는 일제강점기 시절 유일한 한국영화 상영관이었다. 1907년 설립되어 오늘에 이르고 있으며, 서울시 종로구 묘동에 위치해 있다.

21. 서울 창덕궁 북쪽 울 안에 있는 최대의 궁원(宮苑).

22. 구술자 윤영국은 본인이 1월 1일에 혼인했다고만 알고 있었을 뿐 정확한 년도는 기억하지 못했다. 그래서 함께 읍사무소로 가서 호적등본을 떼어 보았다. 혼인신고일은 1967년 7월 27일이었다. 그는 아들의 출생신고를 하면서 혼인신고도 함께 한 것 같다고 하였다.

23. 그는 미군부대 피엑스(PX)의 사진부에서 군생활을 했다. 육이오전쟁 직후 상경하여 근무를 시작했던 사진관이 피엑스 건물 근처에 있었기 때문에 미군들이 그 사진관에 자주 들락거렸다. 윤영국은 대성사진관에 드나들었던 미군들로부터 피엑스 사진부에서 한국인 사진사를 뽑는다는 정보를 알게 되었고, 그곳에 지원하였다. 사진사로서의 삶은 군생활 중에도 계속되었던 것이다. 보통의 군인들과는 달리 다소 '편안한' 군생활을 했던 그는 주말과 휴일에 개인적 시간을 갖는 일이 많았다. 이는 자연스럽게 여성들과의 데이트로 이어졌고, 군인임에도 불구하고 자유로운 복장과 헤어

스타일을 갖춘 그는 많은 인기를 누렸다. 그러다 1955년 미군 피엑스가 문산으로 옮겨가는 과정에서 그도 문산의 부대로 이동하였다.

24. 첫 면담시 조사자는 이름을 물으면서 구술자의 개명 사실을 알게 되었다. 그때는 첫 대면이라서 구술 내용을 녹음하지는 않았다.

25. 김영채(가명, 69세)는 전남 목포 출신이다. 세 살 때 선친을 따라 신태인으로 이사하였다. 파리사진관 건물 주인이자 사진관의 단골 고객이었다. 파리사진관 2층에 세를 내주고 자신은 1층에서 양복점과 식당을 운영했다. 윤영국을 천주교로 인도하기도 했다. 워낙 기억력이 좋아 대부분의 마을 대소사를 자세히 기억하고 있다. 그래서 '호적계장'이라는 별명을 갖게 되었다.

26. 정읍시 정우면에 있는 한 마을로 추정됨

27. 당시 술집 이름. かちどき[카치도키] (경기 등에서) 승리의 함성을 뜻함

28. 박양순(가명, 66세)은 김영채 씨의 부인이다. 정읍 산내에서 신태인으로 시집왔다.

29. 구술자는 '메도루'가 사진 처방약 중의 하나라고 했는데 그 어원을 찾기란 쉽지 않았다. 다만 그가 사용했던 사진 관련 용어가 대부분 일본어였던 점을 감안한다면, '메도루'는 발음이 비슷한 '에도루(색칠하다. 채색하다)'에서 오지 않았나 추측해 볼 수 있다.

30. 기침을 심하게 하는 병

31. 여러가지 물건을 이고 다니면서 파는 장사

32. 윤영국은 최근 다시 성당에 나가기 시작했다.

33. 2006년 9월에 개봉한 한국 영화(감독 : 정용기, 출연 : 김수미 외).

34. 2006년 7월에 개봉한 한국 영화(감독 봉준호, 출연 송강호 외).

가계도

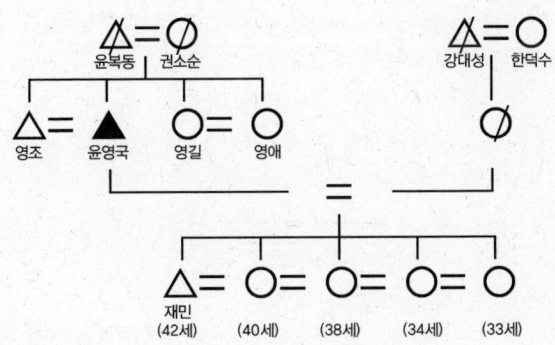

연보

<table>
<tr><td>1933년 10월 18일</td><td>전북 부안군 대중리에서 출생</td></tr>
<tr><td>1937년</td><td>아버지를 따라 전북 익산으로 이사</td></tr>
<tr><td></td><td>당시 아버지는 금융조합에 다녔음</td></tr>
<tr><td>1938년</td><td>또 다시 아버지의 직장 때문에 신태인으로 이사</td></tr>
<tr><td></td><td>현재 신태인농협의 전신 신태인금융조합에서 아버지가 근무하였음</td></tr>
<tr><td>1939년</td><td>신태인북국민학교 입학</td></tr>
<tr><td>1941년 12월 18일</td><td>해수병으로 아버지 별세</td></tr>
<tr><td></td><td>눈이 오는 추운 겨울날 식구들과 함께 집주인에게 쫓겨남</td></tr>
<tr><td></td><td>어머니가 인꼬리 장사를 해서 겨우겨우 먹고 살았음</td></tr>
<tr><td>1945년 4월</td><td>친형이 일본 북해도에 징용 갔음. 집안 형편이 더 어려워짐</td></tr>
<tr><td>1945년 8월 15일</td><td>해방</td></tr>
<tr><td>1948년 7월 17일</td><td>신태인북국민학교 졸업</td></tr>
<tr><td></td><td>제2회 졸업생이었음. 개근상을 받음</td></tr>
<tr><td>1949년</td><td>고등국민학교 입학</td></tr>
<tr><td>1950년</td><td>집안 형편으로 학교 휴학</td></tr>
<tr><td></td><td>신태인 '연미사진관'에서 꼬마둥이로 지내며 일함</td></tr>
<tr><td>1950년 6월 25일</td><td>한국전쟁</td></tr>
<tr><td></td><td>좌우익이 대립할 무렵 신태인 '야경대'에서 보초를 섰음. 이 '야</td></tr>
</table>

경대'는 '빨갱이를 때려잡기 위해' 만들어진 것임. 윤영국은 마을 사람들에게 돈을 받고 대신 '야경(야간경비)'을 했음

1953년	휴전
	기차를 타고 대전으로 가서 '삼광사진관' 취직
	대전에서 서울로 올라감. 한강을 건너는 중 도강증이 없어서 호되게 고생함. 자유시장 입구 '청탑사장'에 취직
1954년	서울 충무로에 있던 미군 피엑스 사진부에서 군생활 시작
	쉬는 날에는 할 일이 없어 아가씨들과 데이트를 즐김
1955년	미군 피엑스가 문산으로 옮겨 가는 과정에서 윤영국도 문산으로 이동
1957년	서울 남대문시장 '대성사진관' 취직
	인천 출신 사진사에게 '전라도 하와이차' 라는 욕을 들어 서로 싸우게 됨.
	파출소에 자수하였음.
	운좋게 무죄로 풀려났고, 그후 인천 출신 사진사와 화해
1959년	서울 종로4가 '동원예식장' 사진부 취직
1961년	서울 '허바허바사장' 취직
	당시 입사시험 종목은 '수정하기' 였음
1963년	서울에서 대구로 이동.
	당시 대구의 사진기술이 전국에서 최고라 하여 일부러 대구까지 찾아감. 대구 '명성사진관' 취직
1964년	전북으로 돌아옴
	정읍사진관 취직
	다시 서울로 가서 생활.
1965년	부인과 맞선을 본 후 결혼을 결심하고 서울 생활을 모조리 정리함
1967년 1월 1일	부인과 결혼
7월 20일	7월 20일 큰아들 재민이 태어남

	27일	혼인신고를 했음
1968년		큰딸 연숙이 태어남
1970년		'전주문화사장'으로 이동
		전북 전주에 칼라사진이 보급되기 시작
1971년		익산 '평화사장(현재 익산터미널 자리)'으로 이동
		둘째 딸 환숙이 태어남
1972년		신태인 '연미사장'을 인수하여 '파리사장'으로 이름 변경
		드디어 사진관을 직접 경영하게 됨
1974년		기능검정합격, 종목은 '사진'
		시대적 분위기가 자격증을 요구하게 되어 서울에 가서 시험을 보았음
		셋째 딸 진숙이 태어남
1975년	3월 29일	천주교 이상호 신부에게 영세
		막내딸 은화가 태어남
1980년		파리사진관 영업을 그만두고, 신태인 낙원예식장 사진부로 이동
		부인의 병세가 악화되어 많은 돈이 들어감
1990년		자연농원(현 에버랜드)에서 열린 촬영대회에 참가
1994년	2월 4일	부인이 당뇨로 세상을 떠남
		성당에 나가지 않게 됨
1994년	5월 7일	신태인라이온스클럽으로부터 공로상을 받음
2000년		신태인 읍민의 날 사진 전시회 참가
2007년		다시 성당에 나가기 시작